身ごもったら、この結婚は終わりにしましょう

～身代わり花嫁はS系弁護士の溺愛に毎夜甘く啼かされる～

m a r m a l a d e b u n k o

一ノ瀬千景

marmalade bunko
マーマレード文庫

目次

身ごもったら、この結婚は終わりにしましょう
～身代わり花嫁はS系弁護士の溺愛に毎夜甘く啼かされる～

身ごもったら、この結婚は終わりにしましょう

〜身代わり花嫁はＳ系弁護士の溺愛に毎夜甘く啼かされる〜

序章

ジューンブライド、六月の花嫁は幸せになれるという誰もが知る言い伝え。

純白のドレスに身を包み白バラのブーケを胸に抱いた葵《あおい》も、この六月の花嫁のうちのひとりだ。身長は百六十七センチと女性にしては高め。目鼻立ちのはっきりした華やかな顔なので、ドレス姿もさまになっている。

けれど、その表情は冴えない。

(私には当てはまらない。幸せな花嫁なんて……)

六月初旬、大安吉日。

〝天空に浮かぶチャペル〟が謳《うた》い文句のこの教会は『グランドセイルホテル』の高層階にあり、全面がぐるりとガラス張りになっている。背の高いガラス窓の向こうには、昨日まで続いていた長雨が嘘《うそ》のように爽やかな青空が広がっていた。

大勢の列席者に祝福されて、本庄《ほんじょう》葵と東雲藤吾《しののめとうご》は永遠の愛を誓う。

「――誓います」

涼やかで凛《りん》とした彼の声が厳かなチャペルに響いた。女性陣からうっとりとした感嘆の声が漏《も》れるのを、葵は背中で聞く。

（本心じゃないくせに、役者だなぁ）

天窓から差し込む陽光に輝く黄金の十字架を見つめ、どこか鼻白んだ気持ちになる。隣に立つ藤吾の顔を横目でチラリとのぞく。

艶《つや》のある黒髪に理知的な光をたたえる瞳。顔が小さく手足は持て余すほどに長い。日本人には難しいとされる白いタキシードもしっくりと似合っている。王子さま然としたその横顔がかすかにゆがむ。葵の視線に気がついたからだろう。藤吾は肩を寄せ、ささやいた。

「ぼけっとしてんなよ」

葵は彼から顔を背け、誰にも気づかれぬよう小さくため息を落とす。

（私、神さまに恨まれるようなことをしたかしら？　こんな事態、想定外すぎる）

幸福を絵に描いたような完璧な結婚式。

この浮かれた空気から葵だけがぽつんと取り残されている。藤吾も、後ろで見守ってくれている列席者も、やけに遠く感じた。

けれど、葵の心情などお構いなしに式は進行していく。

ニコニコ顔の牧師が葵の誓いの言葉を待っていた。

「はい」

かすかに震える声で言って、葵は顔をあげる。

「誓います」

(私は今日、藤吾の妻になる。別の女性《ひと》を愛している彼の妻に……)

一章　身代わり花嫁になります!?

　事の発端は結婚式の三か月前までさかのぼる。人生最大の災難、その元凶はひとつ年上の姉である撫子《なでしこ》だ。

　葵が二十七年間暮らしている本庄家は東京《とうきょう》都大田《おおた》区の閑静な住宅街の一角にある。椿の生け垣に、あまり見かけなくなった濃灰《のうかい》色の瓦屋根。昔ながらの造りをした純和風の一軒家だ。古いけれど、家屋も庭も手入れは行き届いている。

　ノスタルジックな趣のある居間で、父親である敦之《あつゆき》から話を聞かされた葵は、腰を抜かすほどに驚いた。

「撫子が逃げた!?」

　まだ混乱しているのか敦之の話は要領を得ないところも多い。が、経緯はいたって単純なものだった。撫子は三か月後の六月に、法曹界の名門、東雲家の長男である藤吾との結婚式を控えていた。それに向けた準備も着々と進んでいるところだったのに、主役である彼女がこの土壇場で逃亡してしまったのだ。

【ごめんなさい、藤吾くんとは結婚できません。今後、本庄家の娘は葵ひとりだと思ってください。今までお世話になりました。撫子】

両親がこの短い書き置きを見つけたのは、昨日の朝のことらしい。

（お父さんもお母さんも、ゆうべはどこか様子が変だと思っていたけど……そんなことが起きていたのね！）

本庄家は両親と祖母、撫子、葵の五人家族で、姉妹はずっと実家暮らしだった。

「葵はなにか聞いていないか？」

敦之にすがるような目を向けられても、なにも答えることができない。

仲のいい姉妹だと思っていた。自分とは正反対の彼女に劣等感を抱くこともあったけれど、それでも撫子が大好きだったし、なんでも相談できる相手は彼女しかいない。

（でも、撫子は違ったの？）

なにも打ち明けてもらえなかったことがショックだった。葵は力なく首を横に振る。

「なにも聞いてない。楽しそうに、式の準備をしていたのに」

あらためて思い返してみても、結婚を嫌がっているようにも、なにか不満を抱えているようにも見えなかった。

「そうだよな。俺も母さんもそう思ってた」

憔悴《しょうすい》しきった顔で敦之はうなだれる。

「なにかの冗談なんじゃない？　あんまり撫子らしくないけどさ」

重苦しい空気を払いたくて、場にそぐわない明るい声を出す。だが、敦之の表情はよりいっそう暗くなる。

「その可能性は俺だって何度も考えたさ。でも、撫子はもう日本にはいない」

「えぇ!?」

次々出てくる新展開に目を白黒させている葵に、敦之が説明する。

パスポートがないこと、そして撫子の職場で仕入れた情報から推測すると彼女の逃亡先は海外らしい。撫子は父親と同じ研究者の道に進んでいて、専門は考古学だ。そのツテがあったのかもしれない。

今、この場にいるのは葵と敦之だけではない。もうひとりの主役である藤吾とその父親、和樹《かずき》も同席している。紫檀《したん》の座卓を囲んで、全員が難しい顔をしていた。母親たちが蚊帳《かや》の外なのは、この縁談を進めていたのが父親同士だったからだ。

葵は藤吾の顔色をうかがう。唇を真一文字に結んだ彼の表情は、怒っているのか、傷ついているのか、なんだかよくわからない。葵はおそるおそる彼に尋ねた。

「なにかあったの？　喧嘩《けんか》したとか……」

「なにも。撫子と喧嘩なんて一度もしたことはない」

無表情のまま、藤吾は答える。

撫子と藤吾、そして葵は幼なじみだ。三人とも良家の子息が集まることで有名な秀応院《しゅうおういん》学園に初等部から大学まで通っていて、葵と藤吾は同級生なのでクラスメイトだったことも一度や二度ではない。つまり、葵は姉である撫子はもちろん、藤吾の人となりもよく知っている。

「よく考えてみて。藤吾がなにかしたんじゃないの？」

だって、撫子がこんなことをするなんて信じられない。その名のとおり、奥ゆかしく控えめで……でも、葵よりずっと芯は強い。そんな彼女が、迷惑をかけるとわかっているこの土壇場で、姿を消すとは思えない。

（絶対に理由があるはずよ）

撫子にだけはいつも優しいが、本来の藤吾は、俺さまタイプで物言いがきついところもある。無意識のうちに撫子を傷つけるようなことをしたのではないだろうか。

「してない」

「でもっ」

畳みかけようとする葵を制したのは敦之だ。

「葵。事情もわからないのに、藤吾くんを責めるな。現時点で非があるのは、間違いなく撫子のほうだ」

「お父さん……」

そう言われてしまっては、反論できない。たしかに、たとえ藤吾に原因があったとしても説明もなく逃げるのは反則だろう。結婚式はもう三か月後なのだ。それに、今は東雲家にとって大切な時期、和樹が政界参入に向けての正念場を迎えているのだから。

敦之は和樹に謝罪する。

「大事なときにこんなことになって申し訳ない。撫子の行方は捜す。本庄家にできることはなんでもします」

敦之と和樹は旧知の仲だ。それに、本庄家は東雲家に大恩がある。この縁組で、ようやく少し報いることができると敦之はとても喜んでいたのだ。その気持ちを知っているだけに、葵も心苦しくてたまらない。

（なにがあったのよ、撫子）

すると、青ざめた顔で黙りこくっていた和樹が、葵に向かって勢いよく頭をさげた。

慌てたのは、葵と敦之だ。

「おじさま、なにを……」

「悪いのは撫子だ。どうして和樹くんが？」

和樹は座卓に額をこすりつける勢いで懇願する。

「今日、ここに来たのは、葵ちゃんにお願いがあったからだ。――頼む、葵ちゃん。撫子ちゃんの代わりに藤吾と結婚してくれ！」

「――え？」

なにを言われたのかわからず、葵はその場で固まる。耳を疑う、この言葉がここまでぴったりくるシチュエーションもなかなかないだろう。

視線が宙をさまよう。ユラユラと揺れ動き、藤吾のもとでピタリと止まる。動揺しまくっている葵とは対照的に、彼は眉ひとつ動かさない。

(藤吾は先に聞いてたの？　どうしてなにも言わないのよ)

和樹は切々と訴えかけてくる。

「葵ちゃんと藤吾の気持ちを無視しているのは重々承知だ。ただ……俺ももう簡単には引き返せないんだ。最低の親と思ってくれて構わない。どうしても、本庄家との婚姻関係、そして地盤を継ぐ跡取りが必要なんだ」

和樹の政界参入は、現職の大物政治家が参謀としてバックについている。その先生が和樹に『血筋と権威を手に入れるのが必須条件。後継者も重要だ』と語ったことは葵も聞いていた。撫子と藤吾の縁談はそのために持ちあがったのだ。本庄家は旧華族の家柄で、血筋だけはいいからだ。

「あの、でも、最初から疑問だったのですが……今や東雲の名を知らない人はいないくらいですよね？　縁談が本当に必要なのでしょうか」

葵が素直な疑問を口にすると、和樹は困った顔で答える。

「ありがとう、葵ちゃん。けどね、上流階級ではうちはまだまだ成りあがりなんだよ。所詮は父ひとりの功績だからなぁ」

藤吾の祖父であり和樹の父親である洋三《ようぞう》は、日本で初めての違憲判決を勝ち取った弁護士で、弱者のために粘り強く戦い続けた正義の人として尊敬を集めた。名誉だけでなく人柄もとても優れた素晴らしい人物だったそうだ。現在の東雲家が法曹界のドンの地位にいるのは、たしかに彼の功績が大きい。とはいっても、和樹の経営する『東雲パートナーズ法律事務所』は国内五大ローファームのひとつに数えられているし、藤吾も弁護士としてエリート街道を邁進《まいしん》している。

（それでも不十分なの？　私にはよくわからない世界だわ）

「まぁね。あの世界にはそういうところがあるよ」

敦之が顔をしかめる。

葵の祖父は大物政治家だった。義父の政治活動を秘書として近くで見てきた敦之は、政界の厳しさをよく知っている。

「けど、お父さん。血筋はともかく、今の本庄家に権威がある？」

たしかに祖父存命の時代はこの国の政治の中枢にいたが、今の本庄家はほぼ一般家庭として平和に暮らしている。父親の敦之は大学教授、母親の美里《みさと》は専業主婦だ。そんな家になんの力があるというのか。

敦之に聞いたつもりだったが、答えたのは藤吾だ。

「あるよ。葵が思う以上に本庄家の影響力は大きい。なにより、この家には千香子《ちかこ》さんがいる」

藤吾の言葉を引き継いで、和樹も熱弁する。

「そう、千香子さんだ！　今の政界のトップはみんな、彼女の世話になっているから」

「――なるほど、おばあちゃまね」

祖母、千香子はたしかにすごい女性だ。名家に生まれ、政治家の妻として内助の功を発揮。なにがあっても動じないその豪胆さから、当時は『鉄の女』とあだ名されていたらしい。

（今でも十分、鉄の女だけどね……）

八十歳の千香子は、いつも背筋をシャンと伸ばし和服を粋に着こなしている。娘たちに甘々な両親に代わり、姉妹を叱るのはいつも千香子の役目だった。今も現役で日本舞踊の師範をしていて、今日もその関係で朝から出かけていた。

和樹は真剣な目で葵を見る。

「藤吾は政治の道には絶対に進まないと言い張るし、そうなると孫の誕生だけが俺に残された希望なんだよ。本庄の血を受け継ぐ子なら、最善だ」

勝手な言い分なのだが、どうにも憎みきれないのが和樹という人間だ。

「ま、孫と言われましても……」

「頼む、葵ちゃん！　このとおりだ」

またしても、深々と頭をさげる和樹に葵の心は千々に乱れた。

もう二十七歳、物のわからぬ子どもではない。和樹の事情は理解できる。そもそも、藤吾に原因がある証拠もない現状では非があるのは本庄家のほうで、東雲家が葵に頭をさげる道理などない。〝お願い〟と言ってくれているのは、和樹の優しさだ。それはわかっている。けれど、わかっていても、そう簡単にイエスとは言えない。

（私と藤吾が……結婚!?　子どもを作る!?）

ふたりは自他ともに認める犬猿の仲だ。子どもの頃から顔を合わせるたびに喧嘩ばかりしてきた。その彼が義兄になるのをようやく受け入れたところだったのに――。

葵はぎろりと藤吾を見る。

「平然としてないで、藤吾もなんとか言ってよ！」

彼は葵を一瞥《いちべつ》すると、すぐに視線を畳へと落とし吐き捨てた。

「それでいいだろ。三か月後の式は葵とあげる。子どものことは……そのあとだ」

「えぇ、ちょっと！」

予想外すぎる彼の答えに、思わず立ちあがる。大きな座卓の向こう側までツカツカと足を進め、藤吾の前で膝をついた。彼の肩をつかみ、揺さぶる。

「今、自分がなにを言ったかわかってるの？　藤吾の婚約者は撫子でしょう！」

みなの前で彼と愛を誓うのは、祝福のなかでキスをする相手は、絶対に葵ではない。藤吾の隣が似合うのは、勝気でかわいげのない葵ではなく、清楚《せいそ》で淑《しと》やかな撫子なのだ。

唇をわななかせて、声を絞り出す。

「お似合いのふたりだったじゃない……藤吾はいつも撫子を守るように寄り添って」

なんの説明もなく消えた撫子にも、『式は葵とあげる』などとケロリとのたまう藤吾にも無性に腹が立ってきた。

「なんなのよ、ふたりして……」

ふた家族総出で自分をからかっているのだろうか。あと少し待てば、撫子がそこの柱からひょっこり顔をのぞかせるのではないか。そんなふうに思ったけれど、いつまで経っても撫子は姿を見せない。

小刻みに震える葵の肩をじっと見つめて、藤吾は言う。

「撫子は一度決めたら迷わない。だから、もう帰ってこないだろう。今わかっている事実はそれだけだ」

「そんなっ」

弾かれたように顔をあげると、彼と正面から視線がぶつかる。そこでようやく、藤吾の瞳からいつもの輝きが消えていることに気がつく。憂いを帯びた双眸《そうぼう》は妖しいほどに美しく、葵は思わず息をのむ。カッとなって、まくし立ててしまった自分の短気さを恨めしく思う。

(どうして私ってこうなんだろう。戸惑っているのは藤吾だって同じ……ううん、一番つらいのはきっと藤吾なのに)

うつむき、唇をかむ。

「ごめん」

それ以上はどう言葉にすればいいのか自分でもわからなかった。藤吾はゆっくり腰をあげると、葵と敦之に順番に視線を送る。

「撫子を捜すにしても、三か月後の挙式に彼女を参加させるのは不可能に近いでしょう。代案として、東雲家は葵を花嫁に迎えたいと思っています。返事はすぐでなくても構いませんが、あまり長くは待てません」

それだけ言うと、話は終わりとばかりに藤吾はくるりと背を向けた。小さくなっていく彼の背中を見つめる葵の胸に、チクリと小さなトゲが刺さる。

(東雲家は……か)

葵を花嫁にと望んでいるのは東雲家であって藤吾ではない。

撫子と藤吾の婚約は、和樹のための政略結婚だったが、ふたりの関係は温かいものだった。少なくとも、藤吾が撫子を愛していたことは間違いないだろう。

(だって、私は誰よりも近くでふたりを見てきたもの)

順風満帆、ふたりの未来には一点の曇りもないように見えたのに……どうしてこんな事態になってしまったのか。

「ちょっと待て、藤吾」

息子を追いかけて和樹も腰をあげかけたが、彼はもう一度、葵に視線を移して念押しするように頭をさげる。

「葵ちゃん。いい返事を待ってるから！」

そう言い残して、彼は慌ただしく部屋を出ていく。

残された敦之と葵は顔を見合わせ、同時に頭を抱えた。

「すまない、葵。俺もなにがなんだか……とりあえず、今夜は家族会議だな。母さんたちにも相談しないと」

葵の表情が険しくなる。

（お母さんはともかく、おばあちゃまはきっと……）

「そうですか。では、葵が結婚なさい。結婚式では素晴らしい花嫁であることを印象づけ、政治基盤を継ぐ子どもを産む。このふたつを果たせば、東雲家に報いることができるわね」

夕食後のひととき。本庄家の居間で、千香子の口から予想どおりの台詞が告げられた。当然とでも言いたげな顔をしている。

膝の上で握り締めた葵のこぶしがかすかに震える。

（おばあちゃまはそう言うだろうとわかっていたけど……いくらなんでも横暴すぎない？）

よくいえば昔気質というやつなのかもしれないが、千香子は前時代的すぎると葵は以前から不満を抱いていた。そんな生意気さがかわいくないのか、千香子はことさら葵に厳しかった。

ふたりの間に見えない火花が散る。千香子は片眉をあげて、冷たく言い放つ。

「なんですか、葵。この決定に不満があるのかしら？」

質問には答えず、むっつりと押し黙る。そんな葵の態度に、千香子はこれみよがしなため息を落とす。それから、諭すように話し出した。

「当然のことですよ。東雲家への恩を忘れたのですか？」

そう、本庄家は東雲家に多大な恩がある。葵の祖父が政治家としてこの国を動かしていた頃の話だ。

祖父が日本を揺るがすほどの大規模な汚職事件に関係したとして訴えられたときに、無実を信じて弁護を引き受けてくれたのが藤吾の祖父、洋三だった。

これまで『弱者の味方、人権派』として名をあげた男が汚い政治家の弁護を引き受けたと、世間は洋三をバッシングした。マスコミの取材攻勢、誰かもわからぬ人々からの脅迫状と、それはひどいものだったらしい。

洋三はその心労がたたったのか、祖父の裁判が終わる前に急性心不全で亡くなった。弁護は彼の後輩たちが遺志を継ぎ、引き受けてくれた。結果、洋三の死からちょうど一年後に祖父は無関係であったことが立証された。

洋三も祖父も名誉を取り戻したが、祖父は『自分のせいで法曹界になくてはならない人物を失ってしまった』と政治家である自分を嫌悪し、表舞台から姿を消すことにした。その様子をつぶさに見ていた娘婿の敦之も、議員秘書の職を辞して学問の道を志すことにしたのだった。

(たしかに、おじいちゃまが有罪になっていたら……今みたいに幸せな生活は送れていなかったかも)

その意味では、葵自身も東雲家には恩がある。

「恩を仇《あだ》で返すような人間に本庄を名乗る資格はありませんよ。葵も――」

千香子の鋭い視線に、身体がヒュッと縮こまる。気の強い葵も、彼女には太刀打ちできない。

「本庄の人間なら、自分の都合ばかり考えてはいけません」

逆らえない理由は怖いからだけではない。千香子はいつだって正しい。厳しいけれど、筋は通っているのだ。

（でも、今度ばかりは――）

キッと千香子を見据え、葵は勇気を出した。

「東雲家への恩は、私だってわかってる。だけど……おばあちゃまは、私の気持ちはどうでもいいの？」

勢いがついたせいか、次から次へと千香子への不満が噴出《ふんしゅつ》する。

「いつもそうじゃない。撫子ばかりかわいがって、私のことは嫌いなんでしょう？」

初めてぶつかってみたけれど、やはりかなう相手ではない。

千香子は少しも揺るがない。

「好きだの、嫌いだの、あなたはいつまでも子どもね。撫子はこれまで本庄家の長女として立派にやってきましたよ。葵はどう？　茶道も華道も、すぐに音をあげたのは誰だったかしら」

先生は千香子で、それはそれは厳しい指導だった。

「うっ……日舞はいい線いったじゃない」

「撫子は名取《なとり》になりましたよ」

それを言われると返す言葉もない。たしかに〝本庄家のお嬢さま〟の役割をすべて撫子に任せて、好き勝手にしてきた自覚はある。

「ひとつくらい、葵が本庄家の娘の責務を果たしたらどうです？　そうしたら、さっきの質問に答えてあげますよ」

「わかったわよ！」

カッとなりやすい性格は厄介だ。葵は思わずそう叫んでいた。慌てて口元を押さえても、もうあとの祭り。千香子は満足そうに、にっこりとほほ笑んだ。

「それはよかった。すぐに東雲さんに連絡しましょう。葵が本庄家の娘として嫁入りして跡取りを産みますとね」

「お、お義母さん。そんな強引な……」

オロオロするばかりの敦之に構わず、千香子は部屋の隅にある電話に向かって歩き出す。

（やっぱり……おばあちゃまとは永遠に気が合わないわ！）

弱りきった顔で敦之が葵を見る。

「ごめんな、葵。すぐに撫子を捜してなんとかするから。いや、和樹くんに頭をさげて結婚を諦めてもらうほうがいいのかな。いや、しかし……」

「落ち着いて、あなた」

敦之は葵以上に混乱していて、妻の美里の声も届いていないようだった。

「もういいよ。おばあちゃまと約束したとおり、私が代わりに結婚するから」

驚きに目を白黒させている両親に、葵は苦笑を漏らす。

「撫子が戻るまでの当面の身代わりって意味よ」

憔悴している敦之を励ますため、そして自分の心を落ち着けるためにも、葵は努めて明るい声を出した。

「大丈夫よ。結婚式の招待状、すぐに作って撫子に送りつけてやるから。そしたらきっと飛んで帰ってくるわ」

(ちょっと派手なマリッジブルーなのよ、きっと。私と藤吾が結婚すると知れば、撫子だって焦って阻止《そし》しにくるはず)

そう考えながらも、葵の胸にはグルグルと不安が渦巻いていた。猪突《ちょとつ》猛進タイプの葵と違って、撫子は慎重な性格だ。思いつきで結婚から逃亡するような人間では絶対にない。だが、今はその少ない可能性にすがるしかなかった。

(本気で藤吾と結婚、まして子どもなんて……無理だもの。だって、私は……)

葵の記憶は半年前の九月までさかのぼる。撫子お気に入りの銀座《ぎんざ》のイタリアンレストラン。そこで初めて、ふたりから婚約の話を聞かされたのだ。

＊　＊　＊

子どもの頃、親に時々連れてきてもらう銀座は、すごく大人の街に見えた。そのせいか、大人になった今でも、この街を訪れると少し緊張して無意識に背筋が伸びる。夜遊びに慣れた、いい女のふりをしないといけないような気がするのだ。

数あるイタリアンのなかでも、わりと珍しいシチリア伝統料理をウリとするこの店は敦之の友人がやっている店で、本庄家の行きつけだ。とくに撫子のお気に入りで、大事な日には彼女はいつもこの店を選ぶ。

白とレモンイエローを基調とした爽やかな内装の店内に入ると、顔なじみのオーナーの奥さまが出迎えてくれた。

「いらっしゃい、撫子ちゃん、葵ちゃん。まぁ、今夜は素敵なナイトが一緒なのね」

奥さまは藤吾に目を留めて、上品にほほ笑んだ。

（ナイト……まぁ、撫子に対してはね）

撫子が一緒のときの藤吾はたしかに彼女を守る騎士のようだ。今夜も撫子の背後にピタリとつき従い、小さな段差では自然に彼女の手を取りエスコートした。周囲の女性客がその様子に「ほぅ」とため息を漏らしている。

華奢《きゃしゃ》な身体つきに黒髪ストレートのロングヘア。色白で上品な顔立ちで、大和撫子は彼女のためにあるような言葉だ。

そんな撫子と華のある正統派美青年の藤吾が並ぶと、本当に絵になる。どこを切り取っても恋愛映画のワンシーンのようだ。

(私には絶対にしないくせに)

ふたりのあとを追いかける葵は藤吾の背中に向かってベェと小さく舌を出した。

葵といるときの、いや、撫子不在時の藤吾は今とはまるで別人だ。横柄、傲岸不遜《ごうがんふそん》……ほかにはどんな単語が似合うだろうか。とにかく、エスコートなんて絶対にしない男だ。

藤吾にとって、撫子は特別なのだろう。幼い頃から撫子は身体が弱く、しょっちゅう熱を出して寝込んでいた。大人になった今もあまり無茶はできない身体だ。そんな撫子を気遣ってという側面も、もちろんあるだろうが、それだけではない。もっとシンプルな理由。

(好きなんだよね、撫子のこと)

色恋に疎《うと》い葵が彼の恋心に気がついたのは、ある事故がきっかけだった。

高等部に進学したばかりの頃。学校からの帰り道で、撫子と藤吾も一緒にいた。三人で他愛ない話をしながら歩いていて、青信号を渡ろうとした瞬間だった。耳をつんざくようなブレーキ音とともに、黒いバイクが突っ込んできたのだ。免許取り立ての若いライダーで、歩行者を確認せずに左折しようとしたらしい。

一瞬のことでなにがなんだかわからなかったが、気がついたら三人とも道路に転がっていた。葵は藤吾を下敷きにして、撫子はそのすぐ横に。藤吾の頭から広がっていく鮮血を見たときは心臓が止まるかと思った。

人生で初めて〝死〟を意識した出来事だった。自分が彼をクッションにしたせいで、藤吾が死んでしまうかも。視界が真っ暗になって、大騒ぎだった周囲の音もいっさい聞こえなかった。怖くてたまらなくて、なにもできずに震えていた。

(でも、怪我したのは藤吾だけじゃなかったのよね)

その場では、頭から流血していた藤吾が一番大変だと思われたが、実際は肩から二の腕にかけての撫子の怪我のほうが重傷だった。藤吾の額の怪我はすぐによくなったけれど、撫子には消えない傷痕が残った。

(あのときの藤吾の落ち込みぶりは忘れられないな。撫子を守れなかったこと、ひどく後悔してた……)

彼はきっと同じ過ちを繰り返したくないのだろう。だから、ナイトのように常に撫子を守っているのだ。

普段、アルコールを飲まない撫子が珍しくワインを頼んだ。若い女性店員がすぐにエトナ産のロゼを持ってきてくれる。藤吾だけは車だからとノンアルコールを選んだ。

「乾杯しましょう」

撫子がグラスをかかげると、薄紅色の液体がユラリと波打つ。撫子より少し遅れて葵と藤吾もグラスを持ちあげる。

「私たちの明るい未来に乾杯ね」

やけにはしゃいだ撫子の声に、どこか違和感を覚えた。うまく言えないけれど、彼女の言動は芝居がかっているようだった。でも、会話が始まってしまえば、そんなことはすぐに意識の外に出ていった。

主にしゃべっているのは撫子と葵で、藤吾は聞き役。これは昔から変わらない三人のスタイルだ。

撫子は奥で働くオーナー夫妻に視線を向けながら言う。

「私、いつも思うのだけれど、この店みたいに夫婦でされているお店って多いじゃない？　すごいわよね」

「なにが？」

藤吾の短い質問を受けて、撫子は続ける。

「だって、夫婦で同僚なのよ。昼も夜も同じ空間にいる。どんなに仲がよくても大変なこともあるだろうなって」

オーナー夫妻は仲がよく、仕事中もとても楽しそうにしているが、撫子の意見には葵もおおいに同意する。

「そうだよね。上司や部下と同居するって思うと……私には無理かも」

職場の人間関係には恵まれているけれど、仕事とプライベートは完全に別であってほしいと思う。

「でしょう？　ねぇ、藤吾くんはどう？」

撫子は藤吾に水を向ける。

「急に言われても、考えたこともなかったな」

どうでもいい話題がよくもこんなに尽きないものだ、そう言いたげな顔で彼は苦笑している。撫子はいたずらっぽい瞳で藤吾の顔をのぞき込む。

「なら、私が明日から藤吾くんの事務所でアルバイトしますって言ったらどうする？」

ちょっとズレた質問だなと葵は思った。〝夫婦で一緒の職場ってどうなのだろう〟という話をしているのに、どうしてそこに撫子が登場するのか。

藤吾は答えず、撫子はクスクスと笑っている。ふたりの様子を眺めながら、葵はぼんやりと考える。

（そういえば、今日集まった目的はなんだったっけ？）

そうだ、『お祝いがあるから』と撫子が言ったのだ。仕事中の電話だったので、なんの祝いかは聞きそびれたままだった。

「ねぇ。撫子の言ってたお祝いってなに？」

葵が聞いたタイミングで、この店の名物のひとつであるカリフラワーのフリットが運ばれてきた。シチリアでは定番の前菜で、チーズをきかせた薄い衣で揚げただけのシンプルな料理だが、とてもおいしく、お酒のすすむ味だ。

熱々のそれを口に運びつつ、撫子の答えを待つ。

撫子はもったいぶったように「うふふ」と笑って藤吾を見る。それに対して、彼は小さく息を吐いた。妙に意味ありげなふたりのやり取りに葵は首をかしげる。

「えっと、メイン料理を食べ終えてからがいいかなと思ってたんだけど」

浮かれた雰囲気の撫子とは対照的に、藤吾の表情は硬い。彼は短く言い捨てる。

「別に引っ張るほどのものじゃないだろ」

「そう？　じゃあ、発表しちゃおうかしら」

撫子は椅子の背もたれと自身の背中の間に置いてあるハンドバッグを開けて、なにやらゴソゴソしはじめた。

「なんなのよ、いったい」

痺《しび》れを切らした葵が身を乗り出そうとすると、彼女は「報告したかったのは、これなの」と言いながら左手の甲を見せつける。金屏風《きんびょうぶ》を背にした芸能人がよく見せる定番のポーズ。葵の視線は撫子の薬指に吸い寄せられた。落ち着いた照明のもとでも、大粒のダイヤはキラキラとその存在を主張していた。

「え……け、結婚？」

思いがけない報告に声が上擦る。いたずらが成功して喜ぶ子どもみたいに、撫子は目を輝かせる。

「うふふ。びっくりしてくれたかしら？」

「そりゃ、もちろん」

葵はコクコクとうなずく。撫子に彼氏がいるなんて聞いたこともなかったし、姉妹そろって恋には奥手だったはずなのに、いつの間にそんなに先に進んでいたのか。ちょっと裏切られたような気分だ。

本庄家は歴史だけはあり、教科書に名前が載る偉人とも縁続きになる家系だ。それだけに、両親はふたりの交友関係には厳しかった。要するに、ふたりとも箱入り娘だったのだ。

「相手は？　誰と結婚するのよ？」

当然の疑問をぶつける。ところが、撫子は目を丸くしてプッと噴き出した。

「そこなの？」

「えっ、だって……」

撫子の視線を、葵はゆっくりとたどる。彼女が見つめる先にいるのは、藤吾だ。

『夫婦で同僚……私が明日から藤吾くんの事務所で……』

先ほどの彼女の台詞に込められていた深い意味がようやく理解できた。葵はふたりの顔を交互に見比べる。ニコニコしている撫子と仏頂面の藤吾。いや、照れていると見えないこともない。

「まさか……撫子と藤吾が？」

思いきり眉をひそめて葵が言うと、撫子は苦笑を返す。

「まさかってほどでもないでしょ。東雲のおじさまとうちのお父さん、昔から言ってたじゃない。あの話がまとまったのよ」

子ども同士を結婚させたいというような話は、たしかに彼らが酔っぱらうたびに出ていたが、本気ではないと葵は思っていた。

「そう、なの」

あまりの衝撃に、頭がちっとも回らない。藤吾の撫子への気持ちは察していたけれど、撫子は彼を弟としか見ていないと思っていた。だが、今夜の撫子は幸せそうだし、嫌々承諾したという感じではない。

（ふたりが……結婚……）

心に薄モヤがかかる。すっきりしないこの気持ちはいったい、どこからくるのだろう？　天敵ともいえる藤吾に仲良しの姉を奪われる悔しさか、それとも――。

「とりあえず婚約して、結婚式とかはもう少し先になるかしら」

さざ波の立つ心をどうにか抑え込んで、ウキウキと今後のスケジュールを語る撫子に相づちを打つが、その内容は右耳から左耳へと抜けていくばかりだ。

葵の視線は撫子の左手でピタリと止まる。ほっそりとした撫子の薬指に、王道のひと粒ダイヤの婚約指輪がとてもよく似合っている。

（綺麗《きれい》……この指輪を藤吾が？）

どんな顔をして選んだのだろうか。笑えるなと思うのに、葵の顔は不自然にひきつる。ふと強い視線を感じて顔をあげると、藤吾がじっと絡みつくような視線を向けていた。慌てて顔を背けても、注がれる視線が痛いほどだった。

「俺、ちょっとトイレ」

そう言って彼が席を立ったとき、滑稽《こっけい》なほど安堵《あんど》してしまった。

葵はあらためて撫子に聞く。

「ほ、本気なの？」

「えぇ。おばあちゃまに逆らう根性は私にはないもの」

この縁談に一番乗り気なのは、祖母の千香子らしい。本庄家の最高権力者は父親の敦之ではなく彼女だ。

「やっと東雲家に恩返しできるって、おばあちゃまうれしそうだったわ。私もおじさまの政界進出は応援したいしね」

藤吾の父親である和樹が政界参入を目指している話は葵も聞いていた。

「で、でも！」

思わず語気を強める。

「いくらおばあちゃまの意向だからって、結婚まで言いなりになる必要があるの？

家のために好きでもない男と結婚って、そんな時代じゃないでしょう」

撫子は驚いたように、何度か目を瞬く。

「好きでもない男、葵にはそう見えるのね」

それから、彼女はふと真顔になって、葵を見る。

「撫子？」

「私、好きよ。藤吾くんのこと」

「え……」

鳩《はと》が豆鉄砲を食ったような顔をしている葵に、撫子は笑って肩を揺らす。

「まぁ、今はまだ弟みたいなものだけど。でも、夫婦になったら変わるかもしれないわよね」

撫子が謎めいた笑みを浮かべたところで、藤吾が戻ってきた。

夜九時過ぎに店を出ると、小雨がぱらついていた。今年は秋が早いのか、肌寒く感じるほどだった。藤吾は撫子に顔を寄せてささやく。

「車を回してくるから、ぬれないようにここで待ってろ」

「ありがとう、藤吾くん」

葵はそんなふたりに早口で別れを告げる。

「じゃあ、私はここで」

そそくさとまるで逃げるように足を踏み出した葵の腕を藤吾が取る。

「お前も乗ってけ」

「そうよ、同じ家に帰るんだし」

撫子も当然だという顔をする。だが、葵は目を伏せ、首を横に振った。長い睫毛《まつげ》がかすかに震えていることに、葵自身も気づいていない。

「婚約したてのカップルの邪魔なんてしたくないよ。それにコンビニに寄りたいし」

最後のひと言は嘘だが、こう言えば自然にふたりと別れられると思った。

「なら、俺の車に置いてある傘を貸す」

「うん」

レストランの裏手にある、駐車場までの短い距離を葵と藤吾はふたりで歩いた。沈黙が気づまりではあったが、なにを話したらいいのかわからない。そんな息苦しさを静かに降る雨がさりげなくカモフラージュしてくれているようで、ありがたかった。

青いセダンのドアを開けて、藤吾は折り畳み傘を取り、葵に差し出す。

「ありがとう。撫子に返しておくから」

「あぁ」

葵はカラカラに渇いた喉から必死に言葉を絞り出す。

「えっと、びっくりして言い忘れてたけど……おめでとう。よかったね」

(そうよ。おめでたいことじゃないの！)

まるで自分に言い聞かせる呪文のように、葵は心のうちで何度もそう唱える。藤吾は淡い恋が叶った形になり、撫子もとても満ち足りて幸せそうだ。素晴らしいことじゃないか。

「――それだけ、か？」

「ん？」

ぼやくように言った彼の言葉が聞き取れず、葵は藤吾に顔を向ける。彼の射貫くような鋭い視線が突き刺さる。なにかをこらえるような瞳、固く結ばれた唇、こんな怒ったような顔をされる理由はさっぱりわからない。

「撫子のこと、絶対に幸せにしてよね」

その言葉に藤吾はフッと自嘲するような笑みを浮かべる。切なくて、苦くて、ヒリヒリと痛々しいその笑みが、葵の胸に引っかかる。心のど真ん中に図々しく居座って、出ていく気配もない。

（なんでそんな顔するのよ？　もっと幸せいっぱいに笑ってよ）

得体の知れないなにかがあふれてきて、葵をかき乱す。自分が自分でいられなくなりそうな衝動に、たまらず頭を振った。

「もう行くね」

藤吾の返事も待たず、決して振り返らずに葵は走った。せっかく傘を借りたのに、なんの意味もない。小雨は強くなりはじめていて、葵の髪を、肩を、しっとりとぬらす。だが、頬を伝う冷たいものは雨粒ではない。

「っふ」

言葉にならない嗚咽《おえつ》を漏らして、葵は道端にかがみ込んだ。雨と涙でグシャグシャになった顔で天を仰ぐ。

（どうして今さら気がついちゃうのよ！）

神さまはとことん残酷だ。こんなタイミングで自覚するくらいなら、永遠に知りたくなかった。脳裏をたくさんの思い出が駆け巡る。会えば喧嘩になり、ちっともウマが合わなくて、嫌いな男性のタイプを聞かれると真っ先に思い出す顔。

（藤吾なんて嫌い、大嫌い！　だけど……ほかの女性《ひと》のものになることは想像もしてなかったの。ずっと隣で喧嘩していられると思ってた）

葵はどうしようもなく子どもだったのだ。手に入らないと知ってようやく、それがたまらなく欲しかったことを自覚する。

＊＊＊

あの日は葵が恋を知り、初めての失恋を味わった日でもある。忘れようと思っても決して忘れられない記憶だ。

あれから半年、やっと気持ちの整理をつけたのだ。藤吾の義妹になる覚悟を、ふたりを祝福する決意を、ようやく固めたのに……。

二章　身代わり花嫁の落胆

本庄家での会合からもうすぐ一週間。

千代田区神田《ちよだくかんだ》。この歴史ある街の片隅に、葵の職場である中堅の翻訳会社『ルナワード』はある。四階建ての古い建物だが、一応は自社ビルだ。文学系の翻訳に特化していて業績はよくも悪くも安定している。三月は年度末なので、社員はそれなりに忙しい日々を送っている。

ピンストライプのシャツにグレーのタイトスカートというオフィスファッションは凛としたオーラを持つ葵にはよく似合う。緩くウェーブのかかった長い髪は、シュシュでラフにまとめるのがオフィスでの定番のスタイルだ。くっきりとした二重瞼《まぶた》に長い睫毛、自他ともに認める派手な顔立ちなので、メイクは控えめを心がけている。

「本庄さん。今担当しているやつの締め切りはいつだっけ？」

斜め向かいに座る鷺沢早智《さぎさわさち》に声をかけられ、葵はキーボードを叩く手を止める。

上司である早智は四十五歳。小柄な体躯《たいく》からは想像できないほどのパワフルな女性で、プライベートではふたりの男の子のママでもある。新入社員時代からお世話になっている大先輩だ。

「クラウン出版のは月末ですが、あとは最終確認を残すのみです」

葵の返事に早智は「よしっ」と小さくガッツポーズを作る。続く彼女の言葉を察した葵は、先に牽制《けんせい》をかけた。

「五十ページ以上は無理ですよ。クラウン出版の最終確認だって、それなりに時間がかかりますし」

「大丈夫、大丈夫！　たったの二十ページ。ちょっとした冊子だから」

ページ数だけでなく文字数も重要なのだが……葵は渋々うなずいた。ルナワードは、こういう小さな仕事の積み重ねで成り立っている会社だから、ひとつひとつ大切にしなくてはならない。

「まぁ、そのくらいなら」

「さっすが、本庄さん！　助かるわ。締めは二週間後ね」

早智の猫撫《な》で声を聞いてから、視線をまた自分のパソコンに戻す。今、手掛けている仕事は英国の児童文学の翻訳だ。絵本やジュブナイルは一番好きな分野なので、じっくり取り組みたいところなのだが……。

「ちょっとスピードアップしたほうがいいかな。それか、冊子のほうを先に終わらせてしまうか……」

メンズライクなブラウンレザーの手帳を開いて、スケジュールを組み直す。仕事が忙しいのは悪いことばかりでもない。

（あれこれ考えすぎなくて済むし、ありがたいかも）

「そうそう！　住所変更の申請、確認したわよ。引っ越しするの？」

思い出したように、早智が話題を変えた。

「引っ越しってほど、おおげさなものでもないのですが。まぁ、ちょっと」

住み慣れた生家から住まいを移すのは事実だが、ボストンバッグひとつを持って、行くだけだ。これも引っ越しに当たるのだろうか。言いよどんでいる葵に、早智は「そういうことね～」と意味ありげな視線を送ってよこす。

「な、なんですか？」

葵はたじろぐ。

「うふふ。彼氏の家に押しかけるんでしょ？　半同棲状態が続くと面倒になるのよね～。わかる、わかる」

「ち、違いますよ。そんなんじゃ……」

慌てて否定した言葉を遮って、早智は勝手に納得している。

「いいわねぇ。本庄さん二十七歳だっけ？　一番いい時期だもんね」

（今が一番いい時期だとすれば、私の人生、寂しすぎるんですけど！）

恋人がいたことのない葵は心のなかでそう叫ぶが、早智はもうこちらの話など聞いていないので訂正することは諦めた。それに、彼氏ではないが、家に押しかけるという部分は間違いとも言い切れない。

今夜から藤吾のマンションに帰らないといけないのだ。三か月後に迫っている結婚式の準備を進める必要があるが、五大ローファームのひとつである『室伏《むろふし》法律事務所』に渉外弁護士として勤務する藤吾はとにかく多忙で時間がない。この同居は、少しでも打ち合わせ時間を確保するのが目的だ。

葵はデスクに置いたスマホをチラリと見る。メッセージ受信を知らせるアイコンは出ていない。連絡を期待している相手は藤吾ではなく、もちろん撫子だ。彼女が帰ってきてくれれば、藤吾との同居も回避できるわけで……。

父親である敦之の継続調査の結果、撫子の所属していた大学の研究室経由で彼女がどうやらローマに行ったらしいという事実は突き止められた。向こうの大学の考古学研究室に籍を移したそうだ。

ここ数日、一日に数十回はメールチェックをしているが、撫子からはなんの音沙汰もない。

【撫子が帰ってこないと、私が藤吾と結婚させられるのよ！】

葵がメールでそう伝えたにもかかわらず、だ。一度目のメールを送った日からもうすぐ六日。読んでいるのかいないのかもわからない状態に、ヤキモキするばかりだ。

葵の撫子への思いは複雑だ。純粋な心配と文句を言いたい気持ちが入り混じる。

（ひとりで海外なんて、大丈夫なのかな？　本当になにを考えてるのよ）

撫子の考古学への熱意はすさまじい。ローマの研究室に行きたくなった気持ちは理解できる。そのために藤吾との結婚から逃げたのだろうか。

（あんなに撫子を大切に思っている藤吾を捨てて？　そんなはずない。撫子だって結婚を楽しみにしていたもの）

どれだけ考えても、葵には撫子の心中はわからない。

（私はまだ藤吾への気持ちを捨てきれていない……でも、こんな形で彼の妻になれても全然うれしくないし、幸せにはなれないよ！）

終業を知らせるベルが鳴る。残った雑務と明日のスケジュール確認を済ませ、葵はパソコンの電源を落とした。いつも一～二時間は残業するのが常だが、今夜は早く帰ると藤吾に約束させられたからだ。

『俺の仕事が時給換算でいくらになるかは知ってるな。絶対に遅れるなよ』

朝、偉そうな態度で電話をしてきてそんなことを言っていた。それを思い出した葵はげんなりとした気持ちで会社を出る。

頬を撫でるぬるい風に春の気配を感じた。コートの出番はそろそろ終わりかもしれない。

夕方の街は、どこか浮かれたような華やぎに満ちている。仕事から解放され、楽しい夜を待つだけのワクワクする時間。そんな空気をみなが共有しているからだろうか。

夜の営業が始まったばかりの飲食店、そこに飲みに行くらしい中年男性のグループ、近隣の駅には大学がいくつかあるので若い子も多い。ちょうど送別会のシーズンでもある。そんな活気に満ちた彼らとは対照的に、葵の気分は地の底まで沈んでいく。

(藤吾と同居……大丈夫なのかな、私たち)

俺さまな藤吾と素直じゃない葵。長い付き合いの間に数えきれないほどの喧嘩をしてきた。仲良く暮らすところは、とてもじゃないけれど想像できない。

不安で胸をいっぱいにしながら電車に揺られていると、あっという間に目的の駅に着いた。初めて訪れる藤吾の家は、地下鉄の虎ノ門《とらのもん》駅から徒歩三分のタワーマンショんだ。東雲家の所有する不動産のなかで一番職場に近いからという理由で選んだと聞いている。藤吾の働く事務所はここから目と鼻の先で、無駄をなにより嫌う彼らしい住居選択だ。

薄藍色をした夕空にそびえ立つようなマンションを前に、葵は自分の頬をペチペチと叩く。

（撫子の代役、やると決めたからには、ちゃんとしないと！）

ダークブラウンを基調としたインテリアにトーンを落とした照明。高級ホテルのラウンジさながらのエントランスには女性のコンシェルジュが立っていた。

同居人が増えることは報告済みらしいけれど、今はまだあいさつをする気持ちにはなれなかった。葵は彼女の目を盗むようにして、そそくさとエレベーターに乗り込む。

（実感が湧かないんだもの。藤吾とここで一緒に暮らすなんて）

エレベーターのなかまでも、ラグジュアリーな雰囲気だ。最上階の三十七階のボタンを押す。

「港区《みなと》タワマンの最上階か。派手好きめ！」

口ではそう毒づいたが、中流暮らしが板についている葵にはこのマンションは豪華すぎて目がくらむ。異世界にまぎれ込んでしまったみたいで、どうにも落ち着かない心地なのだ。

だから、扉が開いて藤吾が顔をのぞかせたときは不覚にも安堵してしまった。

「藤吾……」

が、そんなふうに感じた自分を葵はすぐに後悔する。

「遅い！」

いらっしゃいのひと言もなく、藤吾は眉根を寄せて吐き捨てた。葵は唇をとがらせ、左手首に巻かれた腕時計を彼に見せつける。

「約束は夜七時でしょ。まだ三分しか過ぎていないわよ」

「俺の時計だと五分だ」

藤吾は自身の海外ブランドの腕時計を一瞥して答える。

「よそのお宅を訪ねるときは少し遅れるくらいがマナーでしょ」

「今日からお前の家はここだろう」

「減らず口！」

くだらない応酬を繰り広げて、ふたりはにらみ合う。そして、同時にフンと顔を背けた。藤吾と葵にとっては、お決まりのあいさつのようなものだ。

藤吾はスーツではなく、長袖の白いカットソーにグレーのパンツというラフな格好だ。顔もスタイルもいいので、シンプルなファッションがよく似合う。

（黙ってさえいれば、本当にかっこいいのに）

彼は細く息を吐くと、葵の持ってきたボストンバッグを奪って冷ややかに言う。

「さっさと入れよ。お前のために時間を無駄にする気はない」

「お、おじゃまします」

葵は仕事用にしている黒いパンプスを脱ぐと、部屋にあがった。

ひとり暮らしにはもったいないほどの広さだ。二十畳はありそうなリビングダイニングルームに、いっさい料理をしない彼には無用の長物である最新設備の整ったアイランドキッチン。書斎と寝室、それにゲストルームがある。藤吾はゲストルームに葵の荷物を運ぶ。

「ここを好きに使え」

マンションの広告でよく見かけるモデルルームそのものだ。家具類はブラウン、ファブリックはベージュで統一され、ほのかに柑橘《かんきつ》系のアロマが香る。

「びっくり。すごく綺麗にしてるのね」

部屋を見回しながら、葵は素直な感想を漏らす。

「マンションのサービスで週に何度か清掃が入るんだ」

「あぁ、なるほど」

藤吾の言葉にうなずく。この完璧に行き届いた感じはプロの手によるものだからなのか。

「荷物を片づけたらシャワー浴びてこいよ」

「シャ、シャワー!? ど、ど、どうしてよ?」

身を守るように自分の二の腕を抱く葵に、藤吾は思いきり眉をひそめる。

「……くだらない誤解すんな。打ち合わせが長引くかもしれないから、先に飯と風呂を済ませたいんだよ！」

「あ。そういうことね」

あきれた顔で、彼は部屋から出ていく。

（びっくりした。シャワーとか言うから、不覚にも動揺しちゃったじゃないの）

まだ心臓がバクバクしている。

床にかがみ込んでボストンバッグを開け、着替えとスキンケアセットを取り出す。

「えっと、パジャマでいいよね？」

持参してきたお気に入りは、白いロングキャミソールとベージュのニットガウンがセットになったものだ。ミルクティーのような配色がかわいくて、一目惚《ぼ》れした。

(でも、これ……胸元開きすぎかな？　藤吾の前で着ていいもの？)

メイクはどうしたらいいのだろう？とか、考え出すとあれこれ気になってしまう。

ブンブンと勢いよく頭を振った。

(意識しない、意識しない！　結婚式の打ち合わせをするだけなんだから。やるべきことに集中する！)

そう決意して、部屋のドアノブに手をかけたところで、また余計なことが頭をよぎる。

(撫子は……この家に来たことあるのかな？)

心に黒いモヤモヤが広がる。それをなんとか抑え込もうと、葵は深呼吸をひとつした。今は撫子のことを考えるのはよそう。代役でしかない自分がひどくみじめな気持ちになるから。

シャワーを済ませた葵は、すっぴんにパジャマ姿でリビングの扉を開ける。

「あの、お風呂ありがとう」

ガラスのダイニングテーブルに頬杖をついて座っていた彼が、葵の声で顔をあげる。

(なんか視線が刺さるんですけど……やっぱり、ちゃんとメイクしてくるべきだったのかな？)

夜に男性と部屋でふたりきり。こんなシチュエーション、経験がないから正解がわからない。じっと見つめられているような気がしたけれど、自意識過剰だったのかもしれない。

藤吾はなんでもないような顔で言う。

「俺もシャワー浴びてくる。飯、先に食べてていいぞ」

テーブルの上にはデリバリーしたらしい食事が並んでいる。プロシュートピザにハッシュドポテトとグリルチキン。申し訳程度のグリーンサラダだ。

「うん」

葵が食事を終える頃、藤吾がリビングに戻ってきた。彼も長袖Tシャツにスウェットパンツという部屋着姿だった。そのことに葵はちょっとホッとする。

藤吾は葵の向かいに座った。まだ少しぬれている前髪から、涼しげな目元がのぞく。やけに色っぽく、なんだかドキドキしてしまう。

「なんだよ？」

「べ、別に」

「時間ないから、食べながら打ち合わせを進めていいか」

「わかった。なにから始めたらいいの？」

葵がこの家に来たのは甘い同棲生活を送るためじゃない。結婚式という大仕事を滞りなく進めるためだ。

「ひとまず、これに全部目を通せ」

藤吾はテーブルの上にずらりと資料を広げた。結婚式場のパンフレット、招待客リスト、料理のメニュー表、引き出物カタログなどだ。彼はビジネスライクに淡々と説明していく。

「会場はもちろん決定済み。装花や料理は決まっているがまだ変更可能。招待客と引き出物は未確定だ」

「え～と、遅れ気味なの？」

結婚式に呼ばれたことはあるが、主催した経験はない。今の状況がまずいのか、そうでないのか葵には判断がつかない。

藤吾は短く告げる。

「一般のカップルなら普通かもしれないが、俺たちは招待客が多いからもう少し急ぎたいところだな」

招待客が三百人をこえそうだという話は撫子から聞いていた。政界参入を目指す東雲家は各方面との付き合いがあるだろうし、本庄家も親族は多い。

葵は藤吾の顔をチラリとうかがう。結婚式の打ち合わせ中というより、面倒な仕事をこなしている最中といった厳しい表情をしている。

（今の『俺たち』は藤吾と誰をさすんだろう？　撫子、それとも私？）

手にしているカタログのモデルは、純白のドレスを着て幸せそうにほほ笑んでいる。まるで本物の花嫁のように。

（私、藤吾の隣で……こんなふうに笑えるかな？）

彼女のような、完璧な演技が自分にできるのだろうか。あまり自信はない。葵はためらいがちに言葉を紡ぐ。

「ねぇ、藤吾。やっぱり……無理があるんじゃないかな」

まだ招待状を出していないとはいえ、藤吾は関係各所への結婚報告は済ませているはずだ。そのなかには、撫子に会ったことのある人もいるかもしれない。結婚式当日、花嫁が別人になっていたらどう思われるだろう。

そう訴えたけれど、藤吾はあっさりと首を横に振る。

「結婚相手を誰かに紹介したことはない。名前くらいはどこかで出したかもしれないが、彼らの興味は東雲家の息子がどこの人間と縁続きになるかということだけだ。本庄の娘の中身が入れ代わっても気がつきやしないよ」

葵は反論できず黙り込む。

藤吾は一匹狼タイプで親しい友人はそう多くない。そもそもこの結婚式は家のために催されるもので、藤吾も撫子も友人はほとんど招待する予定がなかったそうだ。

藤吾は席を立ち、ツカツカと葵のもとへ歩いてくる。うつむいてしまった葵の頬に彼の手が伸びる。強引に自分のほうを向かせると、彼は無言で葵を見つめた。藤吾の圧にひるみながらも、葵は精いっぱいの虚勢を張る。

「な、なによ」

「一度やると言ったからには覚悟を決めてくれ」

憂いを帯びた、黒い瞳。葵は直視できなくて、思わず顔を背ける。

(おばあちゃまに言いくるめられた感もあるけど……私が藤吾と結婚すると宣言すれば、撫子は帰ってくると思ったんだもの。まさかいまだに連絡が取れないなんて)

実は会社を出る前に、父親の敦之と少し電話で話をした。敦之はようやく、撫子のいるローマの研究室に直接連絡することができたらしい。だが、撫子本人がどう言ったのか……研究室は『撫子にはつなげない』の一点張りで、本人とは話せていないそうだ。

『すっかり悪役になった気分だよ』と敦之がぼやいていた。それに、撫子はずいぶん前からこのローマの研究室に移籍する準備をしていたこともわかった。この件を藤吾はまだ知らないはず。

喉がグッと詰まるような、嫌な感じだ。

（藤吾には言えないよ。ずいぶん前からローマに行く準備をしていたってことは、撫子には最初から結婚する気がなかったことになるもの）

彼女がどういうつもりだったのか、謎は深まるばかりだ。

それに、今の藤吾が撫子にどういう感情を抱いているのか、怒りなのか失望なのか。それも葵にはわからない。藤吾は低い声で、まるで脅しのように続ける。

「この結婚は大きな仕事みたいなものだ。しっかり遂行《すいこう》してもらわないと困るんだよ」

藤吾は腰を折り、座っている葵との距離をジリジリと詰めてくる。鼻先が触れ合うほどに顔が近づき、葵はビクリと肩を震わせる。

「で、でも！　このまま撫子を放っておくわけにも――」

撫子、葵がそう言った瞬間に空気がピンと張りつめたものに変わる。藤吾は不快げに片眉をあげ、暗い笑みを浮かべた。苦悩に満ちたその表情に、葵の胸もギュッと締めつけられた。

（撫子の馬鹿。藤吾にこんな顔させせないでよ……）

「必要以上に撫子の名前を出すな」

藤吾は冷たい床に吐き捨てる。こんな様子を見せられては、葵もう、なにも言えない。撫子が去ったことで藤吾がどれだけ傷ついているのかを、あらためて思い知った。

藤吾は席に戻って、場を仕切り直す。

「とにかく、今は結婚式を無事に終わらせることだけ考えよう。俺も、お前も」

「う、うん」

結婚式は三か月後、藤吾の言うとおり腹をくくるべきなのだろう。

（そうね。和樹おじさまのためにも、まずは結婚式。跡取りを産むだとか……あとのことはそれから考えればいい）

葵は自分に言い聞かせて、結婚式の打ち合わせに思考を戻す。

「装花はこのプラン、テーブルコーディネートと料理はこっちだ。まだ変更は可能だが、どうする？」

藤吾の差し出す資料に視線を落とす。

式は六月。会場装花は初夏らしい白バラをメインに、アクセントカラーにロイヤルブルーや紫も使って、シックな雰囲気に仕上げる予定のようだ。テーブルクロスはネイビーでカトラリーはアンティーク調のゴールド。プランナーからの提案書には『ラグジュアリーウェディング』のテーマが打ち出されている。

葵は少し意外に思った。

（素敵だけど、撫子のイメージじゃないような……）

でも、この結婚は両家の絆《きずな》をアピールするためのもの。花嫁の趣味より、豪華さを重視したのかもしれない。

「いいと思うな」

そもそも、代役に過ぎない葵の好みなど取り入れる必要もない。自分はただ、役割をまっとうすることだけ考えればいい。

「すでに決まっているものは、そのままで大丈夫。時間もないし」

藤吾の仕事は激務だ。葵だって、その彼に余計な負担をかけたいとは思わない。

「わかった。ただ……」

藤吾は短く答えて、椅子から腰を浮かせる。リビングの隅に無造作に放り出されている大きな箱に視線を送りながら続ける。

「あれは、そのままってわけにはいかないかもな」

なんだろうかと葵が首をかしげると、藤吾は箱のところまで歩いていき、中身を取り出す。輝くばかりの純白のシルクに重なる繊細なチュール、可憐なレースのトレーンが小川のように床を流れる。

「わぁ」

代役花嫁の身であることを束の間忘れて、葵は感嘆の声をあげる。乙女心をあまり持ち合わせていない葵でも心が躍るほど、そのウェディングドレスは輝いて見えた。

葵は立ちあがり、藤吾のもとに歩み寄る。

「すごく綺麗……」

近くで見ると細やかな織や刺繍《ししゅう》の素晴らしさがよくわかり、ますます感動する。

藤吾は今日初めて、少しだけ頬を緩めた。

「もともとはうちの母のものなんだ。撫子に合わせてサイズ調整はしてあるが」

「受け継がれるウェディングドレスかぁ、素敵ね！」

それだけの価値がある、本当に美しい一着だと思った。

「試着してみろ。サイズが合うかわからないから」

「そうね。撫子と私じゃ身長が違うものね」

葵はドレスを受け取りながら、考える。葵は撫子より約十センチも背が高い。ドレスはヒールの分を考慮して長めに作られるとは聞くが、それでも直さないと難しいかもしれない。

「でも、短くすることはできても、伸ばすのは難しそうよね」

葵の的確な指摘に藤吾も「たしかにな」とつぶやいた。

「まぁ、とりあえず着てみろ。大きい鏡があるから俺の部屋を使え」

藤吾に促され、葵は着替えのために彼の部屋を借りる。


たとえ試着でもウェディングドレスに袖を通すことには、ドキドキと胸が高鳴る。

だが、鏡に映る自身の姿に、舞いあがりかけていた葵の心はシュンとしぼんだ。

（これは……思っていた以上に……）

ドレスを見た瞬間、頭の片隅に浮かんだことではあった。藤吾の母親と撫子はタイプが似ていて、ふたりとも女性らしい優しい雰囲気だ。つまり、葵とは正反対。

袖、丈は意外と大丈夫だった。葵が高いヒールを履かなければ、このままお直ししでもなんとかなりそうだ。

問題はそこではない、デザインだ。

「笑えるくらい似合ってない」

鏡のなかの自分が絶望に顔をゆがめている。総レースのロングスリーブ、鎖骨の見えない浅めのボートネック、ふんわりと広がるプリンセスラインのシルエット、どれも葵には鬼門だ。

(私の体型だと、肌を出したほうがすっきり見えるのよね)

眺めているだけのときはウェディングドレスの違いなど気にも留めていなかったけれど、こうして実際に着てみると、むしろ普通の洋服以上に着る人間を選ぶことがよくわかる。

葵は鏡に手を伸ばし、固く冷たい自分の頬に触れる。ここに自分が映っているのが不思議でならない。

(このドレスも……きっと撫子に着てほしかっただろうな)

なによりも、新郎である藤吾が求めているのは撫子なのだ。

葵は望まれない花嫁として結婚式を迎えることになる。とうにわかっていたその真実に、心が激しく揺さぶられる。

(どんな顔で藤吾の隣に立てばいいの？　わからないよ)

葵の目に涙がにじむ。と、そのとき、外で待っていた藤吾がコンコンと扉を叩いた。

「あ、はい！」

「ひとりじゃ着られないか?」

葵が遅いので、そう思ったのだろう。

「ううん、大丈夫。ちょうど着替え終わったところ」

「なら入るぞ」

返事を待たずに、藤吾は扉を開けてなかに入ってきた。ドレスを、というより葵の顔を見て彼は眉根を寄せる。藤吾の手が葵の頬に触れた。「ひゃっ」と小さく声をあげて、葵の肩が跳ねる。

葵の目元を拭いながら、彼が聞く。

「この涙は?」

指先から伝わるぬくもりが、心をかき乱す。葵は慌てて言葉を探し、取り繕《つくろ》った。

「えっと、ファスナーで背中を挟んじゃって……痛くて」

藤吾の視線が刺さる。

「サイズは全然問題ないよ。このままで大丈夫だからもう脱ぐね。次はなにを決めればいいんだっけ? この調子でどんどん進めちゃおう」

無理してはしゃいだような声が、静かな部屋にむなしく響いた。

ひきつった笑みで鏡の前から逃げようとする葵の肩をグッとつかんで、藤吾は彼女の全身を確認する。

藤吾はなにも言わない。短い沈黙が永遠のように感じられた。

（見ないで……）

藤吾の胸のうちが手に取るようにわかってしまう。きっと彼は、このドレスに身を包む花嫁が撫子ではないことを実感し、失望したことだろう。正解だと言わんばかりに、藤吾が深いため息を落とす。

「たしかにサイズは問題ないが……まったく似合ってないな」

淡々とした彼の言葉がナイフとなって葵の胸を突く。藤吾の辞書に世辞や遠慮という単語は載っていない。それはよく知っていることだけど……今のひと言はあまりにも残酷だ。

握り締めた両のこぶしが小刻みに震える。モヤモヤする気持ちを、どう処理したらいいのかわからない。

「――言われなくても、自分が一番わかってるよ！」

結局、目の前にいる藤吾にぶつけてしまった。

「私は撫子と違って、花嫁なんてガラじゃないし！　見た目も、性格も……逆立ちしたって撫子にはなれない！」

唇がわななき、声がかすれる。

（藤吾のお姫さまになれる撫子がうらやましい……）

葵では、代役すらままならない。

突然に感情を爆発させた葵を前にして、藤吾はパチパチと目を瞬いた。

「撫子になれと、誰が言った？　お前が怒る理由がわからないから、説明してくれ」

普段と変わらぬ冷静な声が、葵の感情を逆撫でする。

（どうしてわからないのよ。私は……藤吾が好きだから……）

彼に非はないと頭ではわかっているのに、勢いのままに藤吾をなじってしまう。

「藤吾の馬鹿！　どうして撫子を捕まえておかなかったのよ」

（違う、こんなことを言いたいわけじゃない）

藤吾が愛している女性は撫子。その事実が葵を痛めつける。

凪《なぎ》のような無表情で、彼はじっと葵を見ている。しばしの沈黙が流れたあとで、静かに告げた。

「なら、やめるか」

それはまるで余命宣告のような冷ややかさで、葵の心臓を貫く。

「え？」

「結婚式は中止。本庄と東雲の縁談はなかったことにすればいい」

「でも、結婚式は三か月後で……」

自分からたきつけたくせに、いざ藤吾に手を離されるとそれはそれで心許ない気持ちになる。藤吾は切り捨てるようにきっぱりと言う。

「結婚式当日に嫌だと騒がれるほうがよほど迷惑だ」

代役失格、そう言いたいのだろう。

彼はくるりと踵《きびす》を返した。

「今夜は泊まっていけよ。俺はリビングで寝るから」

やけに優しくなった彼の声が、余計に葵を窮地に追いやる。

（どうするのが正解なの？　藤吾の言うようにやめるべきなのか、それとも……）

部屋を出ていこうとする藤吾の背中を葵は必死に追いかける。

「待って」

扉を閉めようとしていた後ろ手を止めて、藤吾は振り返る。

「なんだよ？」

向けられたひどく冷たい瞳を、葵はまっすぐに見据えた。

（失望されたくない）

藤吾にも、千香子にも、駄々をこねて逃げ出す子どもと思われるのは嫌だった。

(東雲家への恩返し。そして、おばあちゃまと約束した本庄家の娘としての責務のためよ)

「ごめん、もう弱音を吐いたりしないから。藤吾の妻としての務めはちゃんと果たすわ」

葵の覚悟を聞いた藤吾は、ゆっくりと彼女に近づく。つま先の触れ合う距離で足を止め、葵を見おろす。

「妻の務め?」

大きく深呼吸をして、葵はひと息に告げる。

「盛大な結婚式をあげて、東雲家の跡継ぎを産む。望まれているのは、そのふたつでしょう?」

藤吾はピクリと片眉をあげて、「はっ」と冷笑を漏らした。葵の顎をつかみ、くいと持ちあげる。

「跡継ぎね。自分が言っていることの意味、本当にわかってるのか?」

「言っておくけど、不本意なのはお互いさまだから。でも、さっさと子どもを作れば済む話じゃない。そのあとは別に仮面夫婦でも別居でもいいわけだし——」

（撫子が帰ってくる可能性だって、ゼロではないわ）

その言葉を最後まで聞かずに、藤吾は葵の身体を横向きに抱きあげた。

「きゃっ」

唇の片側だけをあげた苦々しい笑みで、彼は言う。

「そういうことなら、ご要望に応じてやるよ」

三章　身代わり花嫁の恋心

　お姫さま抱っこという甘いシチュエーションとは裏腹に、ふたりの間を流れる空気は重い。怒りのにじむ硬い表情のまま、藤吾は部屋の奥にある大きなベッドに葵を運ぶ。艶のあるシルバーグレーのシーツに全身が沈み込む。藤吾は獲物をとらえた獅子《しし》のように葵を組み敷いた。

「と、藤吾……」

　亜麻色の大きな瞳に彼の顔が映り込む。互いに視線をそらさない、いや……葵のほうはそうしたくても不可能だった。藤吾の強い眼差しにロックオンされたように身じろぎもできない。

「さっさと子どもを作れば……そう言ったよな」

　藤吾は葵の反応を待たずに、グッと顔を近づけた。彼の吐息が耳にかかる。その熱さにビクリと首をすくめる。おびえる葵を挑発するような目で、藤吾は言う。

「それは、こうしてほしいって意味か？」

　彼の長い指が首の後ろをくすぐる。耐えきれず顎をあげた葵の唇を藤吾は躊躇《ちゅうちょ》なく奪う。初めて知る、温かな感触に葵は戸惑う。柔らかで、甘く、痺れるように葵の脳を刺激する。酸素を求めて、葵は唇を離す。と同時にやっと声が出た。

「藤吾、待っ――」

「嫌だね。煽《あお》ったのはそっちだ」

角度を変えて、もう一度唇が重なった。今度は舌が差し入れられて、葵の混乱などお構いなしに自在に口内を動き回る。上顎をなぞり、蜜のような唾液が混ざり合う。

「ふっ、んんっ」

背筋がぞわりと粟《あわ》立つ。

(知らない、こんな感覚!)

恐怖に身体がこわばる。派手めな外見のせいで恋愛経験豊富と思われがちだが、葵は今どき珍しいほど初心《うぶ》だった。キスもその先も……なにひとつ知らないのだ。

ガチガチに固くなった葵の姿に、藤吾は我に返ったように細く息を吐いた。ゆっくりと葵の身体を起こしてやり、ベッドの上に向かい合って座る。

彼の手が優しく葵の背中を撫でる。

「怖いか?」

葵は即座にコクコクとうなずく。平時ならプライドが邪魔をしてこんなに素直にはなれないだろうが、今は緊急事態だ。

(子どもを作る方法を知らないとは言わない。でも〝今〟とは聞いてない!)

「だって、したことない。キスだって……」

消え入りそうな声で言って、葵はうつむく。

「まぁ、それは知ってるけど」

男性経験がゼロなことは見抜かれていたらしい。平然と言い放つ彼を、恨みがましい目で見あげる。

「なら、どうして急にこんなっ」

混乱と焦りでうまく言葉が出てこない。藤吾は両手で葵の頬を包み込むと、ゴンと強めに額をぶつける。ムスッと不機嫌な顔で彼はぼやく。

「一刻も早く俺とさよならしたいんだろ」

「そうだけど! でも……」

藤吾の言い分は一理ある。子どもを作るという目的のために、コレはさけては通れない。だからといって、簡単に承知できるものでもない。葵が口ごもっていると、藤吾が首筋にチュッと音を立てて吸いついた。

「ひゃっ」

「わかった。一から丁寧に教えてやる」

端正な顔がジリジリと迫ってくる。押しのけることもできたはずなのに、葵はされるがまま彼の唇を受け止めた。触れ合う唇から淫らな水音が響く。

さっきまでの男の情欲をぶつけるようなキスとは全然違う。探るように、焦らすように、藤吾は葵の緊張をほぐし、官能に火をともす。

（キスって、こんなに色っぽいものなんだ。知らなかった……）

恐怖がだんだんと快感に変わっていく。頬が上気し、瞳も唇もしっとりと潤んでいく。

「あっ、ん」

唇が離れる合間に漏れ出る声も、自分でも驚くほどに女のものになっている。

フッと藤吾が笑ったのを察して、葵は弾かれたように顔をあげた。

「なにか、おかしかった？」

不安そうな葵の頬をサラリと撫で、藤吾は彼女の耳に唇を寄せる。

「いや。葵が想像以上にいい声で啼《な》くから」

カッと頬が染まる。それを見て満足そうにほほ笑んだ彼は、バサリと自分の服を脱ぎ捨てた。むき出しになった上半身のしなやかな筋肉の隆起に、葵の鼓動はドクドクと波打つ。藤吾は葵の手を取り、言う。

「触ってみろ」

手のひらが藤吾のおなかに吸いつく。なめらかで綺麗な肌、でも女性のそれとはやはり違う。男の身体だった。

葵は脇腹から胸のほうへ少しずつ手を動かす。脇をかすめた瞬間に、藤吾はビクリと身体を揺らした。葵はクスリと笑みをこぼす。

「くすぐったい？　そういえば、藤吾は子どもの頃からくすぐったがりだったよね」

色気のない思い出話を始めた葵に、藤吾は憮然《ぶぜん》とする。

「くすぐったいとは別物だけどな」

「そうなの？」

藤吾の瞳がいたずらっぽく輝く。彼は葵の身体を後ろ向きにすると、自身の膝の上に座らせた。ウェディングドレスの背中のファスナーをおろしながら、うなじに舌を這《は》わせる。

「口では説明しづらいから、この身体に教えてやる」

ドレスを肩からするりと落として、彼は笑う。

「純白のドレスを穢《けが》すシチュエーションはなかなかそそられるけど……まだ使うもの

だしな」

ドレスを脱がせて、というよりボリュームのあるドレスから葵のほうを抜き取って、藤吾はドレスをベッドの端に寄せた。

葵は自前の白いロングキャミソール一枚になる。鎧《よろい》を外されたような気持ちになって、背中を丸めて両手で胸元を隠した。

「同じ白でも、さっきのドレスより今の格好のほうがずっと似合うな」

「え？」

軽く振り返ると、葵の背を抱き締めるように座っている藤吾の頬にキスするほどに顔が近づいてしまい慌てて前を向く。

（ち、近い！　肌もこんなに密着して……）

薄布ごしに藤吾の体温が伝わってくる。猛烈に恥ずかしいのに、どこか心地よくて……溶けていくようだ。

「葵はゴチャゴチャ装飾しないシンプルなデザインが似合う。ドレスもそのほうがよさそうだな」

「えっ、あぁ……うん」

藤吾は深い意味なく言ったのだろうが、その言葉は葵の傷を少し癒やしてくれた。

（さっきの、『ウェディングドレスは、お前には似合わない』って意味だと思ってたけど、違ったのかな）

『花嫁として不適格』と言われたのだと勝手に思い込んでいたけど……彼は単純にデザインが合ってないと伝えたかったのかもしれない。

（あれ？　じゃあさっきの喧嘩ってする意味なかった？　もしかして私、墓穴を掘ったんじゃ……）

葵がチラリと様子をうかがうと、藤吾はニヤリと不敵な笑みを浮かべた。

「さて、じゃあ教えてやるよ。これと〝くすぐったい〟の違いをな」

「あっ」

藤吾は葵の耳に舌を這わせる。後ろを舐《な》めあげ、卑猥《ひわい》な音を立てて耳孔を蹂躙《じゅうりん》する。キャミソールの裾から大きな手が侵入してきて、焦らすように太ももを撫でる。身をよじって抵抗しようとすると、藤吾は「誰が逃がすか」と短く言って、葵の唇を奪う。深く、激しいキスに翻弄されている間に、キャミソールは完全に脱がされ、ブラもショーツも丸見えになっていた。

藤吾の手がブラをたくしあげ、誰も触れたことのない柔らかな双丘を露出させる。

「ああっ」

空気が触れる、それすら甘い刺激となって葵を攻める。藤吾は下からすくいあげるように葵の両の胸を揉《も》む。ヤワヤワと動く繊細な指先に、葵の身体は熱くなり桃色に染めあげられていく。

「違いがわかるか？」

からかうような藤吾の声に葵は弱々しく首を横に振る。わからないというより、なにかを考える余裕など皆無だった。

「なら、これでどうだ？」

藤吾の指がツンと上を向いた胸の頂をとらえ、軽く弾く。

「ひあっ」

こぼれた甘い喘《あえ》ぎに触発されたかのように、彼の指先は自由に動き出す。押しつぶし、つまみあげ、葵の喘ぎが止まらなくなるまでもてあそんだ。

なにかがせりあがってくるような未知の感覚に葵はうろたえる。波にさらわれるように、正常な思考まで奪われていきそうなのだ。

「はっ、藤吾。もうっ……」

彼の腕をギュッと握り締め、限界であることを訴える。

「これは、くすぐったいじゃない」

固く目をつむった葵に、藤吾はそっと耳打ちする。

「感じるって言うんだ」

艶めいた彼の声が脳に直接響いて、理性を取り去っていく。

「ほら、認めろよ。俺の手で感じてるって言ってみろ」

嗜虐《しぎゃく》的な台詞を吐いた唇が、赤く色づいた果実を食《は》む。舌先で転がし、媚薬《びやく》のような快楽を葵に送り続ける。互いの身体が熱くとろけて、混ざり合うような錯覚におちいる。

「感じる？　これが……そうなの？」

ふたりはもつれ合うようにしてベッドに倒れ込む。藤吾は葵を組み敷くと、幾度も幾度も優しく唇を合わせた。

「葵……」

熱っぽい瞳で自分を見つめる彼は、葵の知る藤吾とは別人のようだ。彼の唇が脇腹から少しずつ下に向かっていく。手が内ももをすべり、固く閉ざされてきた秘部をゆっくりと開いていく。

フワフワと夢を見ているような心地だった。不思議ともう怖くはない。与えられる快感を、ただむさぼるように享受《きょうじゅ》するだけ。

（本当に夢なのかも。だって、藤吾が私をこんなふうに抱くなんて……撫子じゃなくて私を……）

撫子。

その名を思い浮かべた瞬間、頭から冷水を浴びせられたような気がした。急に夢から現実へと引き戻される。宝物に触れるように自分を抱く彼が、本当に愛する女性は誰なのか、まざまざと思い出してしまった。

全身がスッと冷え、硬くこわばる。藤吾の指が秘部をなぞろうとするのを、膝を閉じることで拒んだ。

「葵？」

いぶかしげに藤吾が顔をあげる。震える声で答えた。

「ごめん。待って……頭ではわかってるの。でも、心がついていかなくて。藤吾と私じゃやっぱりおかしくて」

彼はこの手で、唇で、葵にしているのと同じように撫子を愛したのだろうか。

（今も、ここにいるのが私じゃなくて撫子だったらと思ってる？）

そんなことを考え出すと、たまらない気持ちになる。

藤吾はなにかをこらえる表情で吐き出すように言う。

「心がなくても、どうとでもなる。男も女もな」

藤吾はなかば強引に葵の膝を割り、ショーツの隙間から指を差し入れ、敏感な場所をなぞった。クチュリと湿った音とともにあふれた蜜が彼の指をしとどにぬらす。

「あうっ」

葵は白い喉をのけ反らせて悶《もだ》えた。蜜をかき出すように動く藤吾の指に、葵の身体は敏感に反応する。

「ほら。愛なんかなくても、お前の身体は俺を受け入れる気になってる」

——愛なんかなくても。

その言葉が葵を引き裂く。血がにじんだようにヒリヒリと痛む。

(違う。どうでもいい相手なら割りきれる。そうじゃないから……藤吾が好きだから苦しいのに)

葵は顔をゆがめて、こぼれそうになる涙を必死にこらえた。そのさまを藤吾に見られたくなくて、ふいと顔を横に向け枕に埋める。

(でも泣くのはダメ。この代役はしっかり務めようって決めたんだから)

「そ、そうだね。愛がないのはお互いさまだし……じゃあ、早く」

続けて。そう言おうと思ったのに、言葉が出ない。藤吾に抱かれて、その先に待っているものが怖くなった。夢のような時間が終わったあとに葵が立っている場所は、きっと地獄だ。

（一度でも知ってしまったら、戻れなくなりそうなの……）

藤吾の唇とぬくもりを、きっと何度でも求めてしまう。だけど、一番欲しいものは永遠に手に入らないのだ。

「なにも考えるな。俺も……そうするから」

藤吾の重みがゆっくりとのしかかってきて、下腹部に彼自身の熱を感じる。

「藤吾……」

言われたとおり、なにも考えまいと目をつむった。

葵の鼻先にカリッとかすかな痛みが走る。おそるおそる目を開けると、不機嫌そうな藤吾の顔がそこにあった。どうやら彼にかみつかれたらしい。

藤吾は大きなため息をつきながら、ごろりと葵の隣に寝転んだ。

「え？　あ、あの……」

「やめた。中高生じゃあるまいし、なに暴走してんだ、俺は」

藤吾は両腕を額の上に置いて、ひとり言のようにぼやく。

どんな心境の変化があったのかはわからないが、ふたりの初めての夜は未遂に終わることが確定したらしい。

「ごめんね。私が初心者だから」

珍しく素直に、彼に謝った。

（年相応の恋愛経験があれば、この程度サラッとこなせたはずなのに）

藤吾が瞳だけを動かして、葵を一瞥する。その眼差しが驚くほど色っぽく、胸がドクンと鳴る。感情の乱高下が激しすぎる。同居初日からこれでは、とても心臓がもちそうにない。

「別にお前のせいじゃ」

言いかけて、藤吾はピタリと口を閉ざす。身体ごと葵のほうを向くと、柔らかな彼女の頬をムギュッとつまむ。

「いたっ」

「やっぱ葵のせいだな」

葵は下唇をかみ、反論の言葉を探すが思いつかない。藤吾はフッと頬を緩めた。

「これにこりたら、男を煽るようなことは二度と言うな。ここまできてやめてやるほど紳士なのは俺くらいのもんだぞ」

偉そうにする藤吾に葵はぷぅと頬を膨らます。

「あんな強引にしようとしたくせに、どこが紳士……」

藤吾は葵の首筋に手を回し、グッと引き寄せる。嗜虐的な笑みを浮かべて、耳元でささやく。

「――ふぅん。この身体は続きが欲しそうだったけどな」

ボンッという擬音が聞こえてきそうなほど勢いよく、葵の顔が真っ赤に染まる。

「な、なにを……」

口をパクパクさせている葵の頭をくしゃりと撫でて、藤吾は言った。

「考えてみたら、もし今すぐ妊娠したら結婚式に支障が出る。本末転倒だ」

「あっ……」

言われて葵もハッとする。

八つ当たりの勢いだけで『さっさと子どもを作れば』などと言ったが、たしかに彼の言うとおりだ。結婚式は盛大で時間も長い。妊娠初期の不安定な身体じゃとてもこなせない。

「とりあえずは式を無事に終わらせることを考えよう。あとのことは……急ぐ必要はない」

葵は小さくうなずく。こんな事態がしょっちゅう起きていたら心臓が止まってしまう、ひとつずつ対処していくべきだ。

冷静になったら、はたと自分があられもない格好をしていることに気がつく。足元に丸まっていたキャミソールを慌てて引き寄せて、身体の前を隠す。上半身を起こしながら、早口で告げた。

「じゃあ、私は自分の部屋に戻るから」

逃げるようにベッドからすべりおりようとする葵の腕を、藤吾がつかむ。

「面倒だからここで寝てけば？」

「め、面倒って……」

実家に帰ると言ったわけではない。すぐ隣の部屋に戻ると言っただけだ。そう説明しようとするより先に、藤吾は葵の身体を抱き寄せ自分の胸のなかに包んでしまった。

「きゃっ」

「いろいろあって、なんか疲れた」

葵の身体をギュッとして、彼は目を閉じてしまった。吐息が肩にかかる。ふたりともほぼ裸なのだ。素肌からじんわりと熱が伝わる。

（熱くて、のぼせそう……）

眠る気満々の藤吾と違い、葵はこの状況でスヤスヤ眠るのは絶対に無理だ。彼の身体をグッと押して訴える。

「と、藤吾も知ってのとおり、私は経験不足なの！　こんな状態でずっといるとか無理だから」

だが、彼の身体はびくともしない。

藤吾は着痩《きや》せするタイプなのだろう、見かけの印象よりずっと筋肉質で逞しい身体つきをしている。

「男に慣れる訓練としてちょうどいいだろ」

結局、藤吾が離してくれず葵は部屋に戻れなかった。とても眠れないと思っていたのに、いつの間にかウトウトしはじめた。いっぺんにいろいろなことが起きて、自分が思う以上に疲れていたのかもしれない。

藤吾の腕のなかは温かく心地よくて、いつもよりずっと深い眠りに落ちていく。

「藤吾……」

夢と現《うつつ》のはざまで彼の名を呼ぶ。

「葵」

甘やかな声で彼が応えた気がしたが、これはきっと夢のなかの出来事だろう。

翌朝。葵が藤吾の部屋で目覚めると、隣にいたはずの彼の姿はもうなかった。ゆうべのあれこれはもしや夢だったのかと、確かめるような気持ちでリビングの扉を開けて藤吾を捜す。すると、キッチンでコーヒーを準備していた彼が、気配に気がつき振り返った。

アイロンのかかった白いシャツにブルーグリーンのタイ、細いストライプのジャケットと、藤吾はすっかり身支度を整えていた。

「土曜なのに早いな」

「おはよう。藤吾は仕事？」

葵の会社は基本的に土日休みで、藤吾も同じはずなのだが……。

「まぁな」

苦笑混じりに言って、コーヒーを片手に葵の隣まで歩いてくる。女性としてはかなり長身の葵より、さらに十センチ以上も背が高い。葵の目線はちょうど彼の首辺りだ。ずっと昔は、この位置に彼の額があって、葵のほうが見おろす側だったのにと、懐かしく思い出す。

「こうして並んでいると、学生時代に戻ったみたいだね」

藤吾に身長を逆転されたのは、たしか中等部三年生の夏休みだった。あの頃もふたりは喧嘩ばかりしていた。

藤吾が手を伸ばし、葵の頬に触れる。フッと目を細めて彼は言う。

「ゆうべも思ったけど、すっぴんだと昔とあんま変わらないな」

「それって、褒めてる？　けなしてる？」

葵が口をとがらせると、藤吾はクスリと笑う。

「さぁな」

藤吾はダイニングテーブルに寄りかかるような姿勢でコーヒーを飲む。それを見る葵はあきれ顔だ。

「朝ご飯くらいゆっくり食べたらいいのに。コーヒーだけじゃ身体に毒だし」

ブツブツ文句を言いながら、葵は勝手に冷蔵庫を開ける。最新型の立派な冷蔵庫なのに、なかにはミネラルウォーターと調味料くらいしか入っておらず葵は閉口する。

「すぐに食べられるものを作ろうと思ったのに、見事になんもないわねぇ」

「面倒だからいい」

藤吾は仕事に関しては優秀な人間だが、自分にはわりと無頓着だ。葵は彼を振り返り、宣言する。

「今日は買い出しに行ってくる！　明日からは朝ご飯を食べること。いい？」

「やけに世話焼きなところは姉妹で――」

言いかけて、藤吾はハッと口を閉ざした。撫子の話題は出したくないのだろう。葵は察して、気づかぬふりで言葉を続ける。

「体調管理も仕事のひとつなんだからね」

「はいはい。あぁ、葵は明日も休みか？」

「うん、日曜だもん」

「なら、明日はウェディングドレスのショップに行く。予約を入れておくから」

ドレスを葵に合わせて手直しするということだろうか。サイズ自体はなんとかなりそうだが、プロの目で見てもらうことは必要だろう。葵は「わかった」と答えて、仕事に行く藤吾を見送った。

その日は生活感のなさすぎるこの家を、快適に暮らせるよう整えるのに費やした。藤吾の帰宅は深夜だったので、ほとんど会話をすることもなかった。

翌日も彼は朝早くに家を出ていく。

「じゃ、昼の三時に直接店で」

「うん。仕事忙しいなら私ひとりでも大丈夫だし、そのときは連絡して」

「いや、俺も行く」

（結婚式の前に藤吾が倒れないかな）

葵は苦笑いで彼に手を振る。葵のほうも残していた仕事があったので、部屋で少し片づけて昼過ぎにマンションを出た。せっかく出かけるなら、ついでにウィンドウショッピングでもしようと思ったのだ。

着替えがしやすい前開きのシャツワンピースにブラウンの革ジャケットを羽織った。暦上は春とはいえ、三月なかばの今はまだまだ肌寒い。足元はショートブーツを選んだ。

予約のちょうど五分前に葵は店を訪れる。老舗のウェディングドレスショップは銀座の一等地に、まるでお城のような豪華な店舗を構えていた。あのドレスは、藤吾の母親がここでオートクチュールで作ってもらったものらしく、手直しも請け負ってくれるようだ。

バラの香りが漂う店内はラグジュアリー感たっぷりで、スタイル抜群の女性店員が葵を出迎えた。

「いらっしゃいませ」

「お世話になります。三時に予約をした本庄と申しますが」

女性店員は軽く目を瞬く。それで葵は自分の失敗に気がつき、慌てて言い直す。

「あ、失礼しました。東雲です」

藤吾が電話をしたのだから、予約名は東雲に決まっている。それに、結婚式関連のことでは東雲を名乗ることになるのだろう。葵は認識を改めた。

女性は安心したようにほほ笑み、「東雲さま。お待ちしておりました」と頭をさげる。花嫁が撫子から葵に代わったことは、藤吾がもう説明済みなのだろう。それでも、葵を不快にさせない対応はさすが高級店といったところだ。

「奥の個室へどうぞ。すぐにデザイナーの須崎《すざき》が参りますから」

その台詞に葵は目を丸くする。ドレスデザイナーの須崎鞠乃《まりの》はメディア露出もある有名人だ。名を冠しているとはいっても、実際に彼女がここで顧客対応をすることはないと思っていたのだ。

(そういうものなの？　それとも東雲家だから？)

おそらく後者なのだろうなと葵は想像する。

広々とした個室に通されるとすぐに鞠乃がやってきた。個性的な黒髪のぱっつんボブはいかにもファッション業界の人間という雰囲気だ。〝おばあさん〟と呼ばれてもおかしくない年齢のはずだけれど、ちっともそれを感じさせない。

あいさつを済ませると、葵は肩をすくめて彼女に謝罪する。

「ややこしい客で、本当に申し訳ございません」

着る人間が代わったなどという申し出は前代未聞だろう。葵が鞠乃に頭をさげたところで、息を切らせた藤吾が部屋に入ってくる。

「悪い、少し遅れた」

すぐに状況を理解した彼は葵の隣に立ち、鞠乃に説明する。

「彼女はなにも悪くないんです。すべて俺の責任です。ご迷惑をおかけして、申し訳ありません」

「ふたりとも頭をあげてくださいな」

奇抜な雰囲気からは想像できない優しい声だった。鞠乃は穏やかにほほ笑んでいる。

「名家には複雑な事情がつきものですもの。お気になさらず」

それから、フフッといたずらっぽく笑ってつけ加えた。

「私もこの業界は長いですから。ちょっとやそっとで驚いたりはしませんことよ」

花嫁チェンジなどありえないと葵は思っていたが、彼女にとっては〝ちょっとやそっと〟の範疇《はんちゅう》らしい。

「早速ドレスを試着して、見せてくださいますか」

鞠乃に促され、葵はカーテンで仕切られた奥で着替えをする。やはり何度見ても似合わないが、仕方あるまい。そのまま鞠乃と藤吾のもとに歩み出る。

葵の姿を見た鞠乃の表情はわかりやすく曇った。本当に素敵なドレスなのに、それを台無しにしている自分を申し訳なく思いながら葵は口を開く。

「サイズは大丈夫かなと思うので……問題なければこのままで」

だが、その葵の言葉にかぶせるように、藤吾は語気を強めて言う。

「見てのとおり、彼女にはまったく似合いません。どうにかできないでしょうか？」

鞠乃は自身の顎を撫でながら天井に向かって細く息を吐く。

「そう言われましても、一から作り直したらお式にはとても間に合いませんよ」

「そうよ、藤吾。着られないわけじゃないんだし……」

藤吾の腕を引き、彼を止めようとするが藤吾は引きさがらない。もう一度、鞠乃に頭をさげ、必死に懇願する。

「無茶なお願いであることは承知しています。ですが、どうしても彼女に似合うドレスを」

しばしの間を置いて、鞠乃が答える。

「かしこまりました。そのご依頼、承ります」

鞠乃はゆっくりと葵に歩み寄ると、彼女の全身をくまなくチェックする。ドレスの裾をつまんでみたり手で袖を隠してみたりしながら、なにかを思案している。

「あの、本当にいいのでしょうか？」

葵は恐縮しきって聞く。一流デザイナーである彼女はきっと多忙なはずだ。鞠乃はクスリと笑んで、葵を見る。

「あなたを世界一美しい花嫁にする、それが私の仕事ですから」

彼女はアシスタントらしき女性を呼んで、テキパキと指示を出しはじめた。

「袖はすべてカットしましょう。ネックラインはもっと開きを大きくして。腰下は……このラインではなくバッスル風にしてみようかしら」

鞠乃は葵と藤吾に向き直り、にっこりとほほ笑む。

「式当日の二週間前までには仕上げます。微調整をする時間はないから、今のスタイルをキープしてくださいね。痩せるのもＮＧですから」

藤吾が安堵の表情で鞠乃に礼を言う。

「――感謝いたします」

店を出た葵は感嘆の声をあげる。

「鞠乃さん、かっこいい人だね～」

「あぁ、一流のプライドを感じたな」

「うん。あの仕事に対する姿勢、見習いたいな」

それから、上目遣いに藤吾を見てポツリとこぼした。

「でもさ、そんなにこだわらなくてもよかったのに……」

本当はうれしかったのに、素直になれない自分が嫌になる。藤吾は唇を引き結んだまま、探るような目で葵を見つめる。

「ただの代役なんだし！」

複雑な表情で笑う葵の手を藤吾が取る。手をつなぐというより、手首をギュッと締めあげられると言ったほうが的確だろう。藤吾は無表情だが、声に静かな怒りがにじんでいた。

「葵に撫子の代役を求めているわけじゃない」

藤吾は言葉を探すように、視線をさまよわせる。クシャクシャと自分の頭をかきながら、深いため息を落とす。

「代わりに葵を。たしかにそう言ったけど」

藤吾はまっすぐに葵を見る。葵は彼のこの目が……昔から苦手だ。

（この瞳に見つめられると、息ができなくなる。なにかに魅入られたみたいに、身じろぎもできない）

「葵は葵でいい。撫子の代わりになろうとするな」

低く落ち着いた声が葵の胸に染み込んでいく。喉の奥にグッと込みあげるものがあって、言葉にならない。

（うれしいけど……それは残酷だよ、藤吾）

代役だときっぱり言い聞かせてくれるほうがよほど親切だ。期待してしまいそうになるこの心をどうおさめたらいいのか、葵にはわからない。

藤吾はそのままキュッと葵の手を握ると、歩き出す。

「今日の夕食は外で済まそう」

こくりとうなずき、脚の長い彼に遅れないよう歩く速度をあげた。

夕食の時間には少し早かったので、百貨店をのぞいてみることにした。ふたりで出かけたことは過去にもあったと思うのだけど……今日の藤吾はこれまでの彼とは別人のようで戸惑ってしまう。

扉を開けて待っていてくれたり、エレベーターに乗るときにさりげなく腰に手を回してきたり、どれもささいなことなのだが、意識してしまってそのたびに心臓がドクンと大きく波打つ。と同時に、わずかな居心地の悪さも感じる。

（このポジションは撫子のものだったのに……）

藤吾のエスコートは自分に与えられるものではない。どうしても、そんなふうに思ってしまう。

「ご飯、なに食べようか？　そろそろおなか空いてきちゃった」

葵は気持ちを切り替えるべく、明るい声で藤吾に話しかける。

時刻は夜七時前。欲しかったコスメも無事に買えたし、夕食の店探しにはちょうどいい時間だろう。

「予約してあるから。車で三十分くらいかかるけど、我慢できるか？」

藤吾は腕時計に目を落としながら言う。葵は軽く頬を膨らませ、答えた。

「子どもじゃないんだから、そのくらい我慢できるわよ」

「けど、葵は腹が減るとすぐ機嫌悪くなるだろ」

「そんなことないって！」

「絶対、ある」

そんな応酬をしながら、ふたりは百貨店を出る。

（藤吾とは、このほうが安心するな）

女性扱いされるより、他愛ない喧嘩をしているほうが自分たちらしい。葵はホッと安堵するような気分だった。


にぎやかな銀座の街を藤吾の運転する車が走り抜ける。

「どこのお店に行くの？　ていうか、いつの間に予約を？」

銀座で適当に店を見つけるものだと思っていたのに、わざわざ予約をしたとは驚きだった。ハンドルを握る彼は前を向いたまま、短く店名を告げる。

「えぇ？」

思わず大きな声をあげてしまった。横浜《よこはま》ベイエリアにあるフレンチの名店、一度も行ったことはないけれど、ひそかに憧れていた店だった。

（いつか、デートで行ってみたいと思っていたところ……）

うれしさと戸惑いと、いろいろな感情が混ざり合う。そもそも、あの店に行くと知っていたなら、もっとオシャレをしてきたのに……。

「私、この格好で大丈夫かな？」

午前中に仕事のあった藤吾はイタリアブランドのスーツ姿なので問題ないだろうが、

葵はわりとカジュアルだ。ワンピースはいいとして、ライダース風のジャケットはどうだろうか。

「そんなにうるさい店じゃないよ」

「行ったことあるの？」

深く考えずに葵が聞くと、藤吾の眉がピクリと動いた。

「――ない」

「なんか今、すごく間があったような……」

（絶対、行ったことあるんだ）

「一度もないよ」

それ以上聞くなとでも言いたげに、藤吾は短く吐き捨てる。運転する彼の横顔を眺めながら、考えた。

（撫子か、それともほかの女の子かな？）

藤吾は性格にはやや難があるものの、顔・スタイル・職業・家柄とすべてパーフェクトなので、それこそ掃いて捨てるほど女性が寄ってくる。そんな彼女たちをバサバサと振りまくっているところしか葵は知らないけど、きっとそれなりに経験は豊富なのだろう。

（私にはモヤモヤする権利もないけどさ）

それでも、過去の藤吾のデート相手に嫉妬めいた感情を抱いてしまった。


地下駐車場に車を停めて、ふたりはエレベーターで上にあがる。外資系ホテルの二十五階に入っているその店は、クラシックな内装が葵好みで素敵だった。案内されたのは一番奥の個室で、みなとみらいの夜景が望める大きな窓を正面にしたふたりがけのソファ席だ。まばゆい光の粒と遠くで回る観覧車、そのままポストカードにでもできそうなほどロマンティックな景色が広がる。

（ものすごく、カップル専用って感じ……）

気恥ずかしさから、葵は足を止める。そんな彼女を藤吾は不審そうに一瞥する。

「なんだよ？」

「えっと……なんというか、恋人同士のデートみたいで変な感じだよね」

藤吾はあきれた顔でため息をひとつ落とすと、ぐいっと葵の腰を引き寄せる。

「変じゃないだろ。俺たちは結婚式を目前に控えたカップルに違いないんだから」

「そ、それは……そのとおりなんだけど」

葵の耳元に唇を寄せ、彼がささやく。

「さっさと俺に慣れろよ」

艶っぽい声は脳に直接響くようで、葵の頭をクラクラさせる。

柑橘とタコのマリネ、ヴィシソワーズ、鱈《たら》のポアレのオレンジバターソースがけ。出てくる料理は彩りも味も文句なしに素晴らしいのに、葵はあまり味わえていなかった。藤吾の視線、唇、指先、そんなところばかりに意識が集中してしまう。

「今日はやけに小食だな」

手が止まり気味な葵を見て、彼が眉根を寄せた。

「そんなことないよっ」

葵はフォークを口に運ぶペースを速める。酸味とコクのあるソースが淡泊な鱈によく合っていて、たしかにおいしい。付け合わせの野菜に手を伸ばしかけ、はたと止める。

（インゲン……）

特別好き嫌いが多いほうではないが、インゲンだけは苦手だった。それを知っている藤吾がクスリと笑う。

「いまだに食べられないのかよ」

「だって、ほかの野菜と比べても圧倒的に土の味がするんだもん」

「……まったく同意できないな」

すると、藤吾はふいに葵に身体を寄せた。

「なに？」

「食べてやるよ」

あーんと口を開けて待っている彼の姿に、葵は慌てふためく。食べさせろということなのだろうか。

「こ、子どもじゃないんだから自分で食べてよ」

ぶっきらぼうに言って、彼の皿にインゲンを移す。

注がれる視線が痛い。動揺する心を見透かされているようで、落ち着かない気分になる。藤吾はなにか言いたげな顔だ。視線を泳がせながら、葵は聞く。

「なにが言いたいのよ」

「別に。妙に意識してるなと思って」

「い、意識って、そんなこと」

ナイフとフォークを持つ手が震えて、上手に扱えなくなってしまった。藤吾は強気な笑みで言う。

「してるだろ。葵が俺を」

はっきりと言葉にされたことで、より浮き彫りになる。

ふたりの関係はたしかに、変わりはじめていた。

会計を済ませて店を出ると、藤吾は葵の手を取り甘く指を絡ませる。ふいうちの攻撃に葵は頬を染める。

「な、なんで……？」

声もいつもの威勢はなく消え入りそうだ。

「さっきも言ったろ？　俺に慣れる訓練だ」

きつくつながれた藤吾の手はやけに熱い。

（違う、熱くなっているのは私のほうだ。手だけじゃなくて、全身も熱くてのぼせてしまいそう）

手をつなぐという行為がこんなにも官能的だとは、知らなかった。

藤吾の運転する車は夜の街を駆け抜けていく。どこまでも続いているようなテールランプの線を葵はじっと見つめていた。

大通りをそれた車は高台へとのぼっていく。

「あれ、マンションに帰るんじゃないの?」

「ちょっと寄り道」

藤吾は楽しそうに目を細めたが、説明する気はないようだ。黙って、彼に任せることにした。

車が停まったのは、観光地というほどでもなさそうな小さな展望台だった。藤吾が助手席の扉を開け、葵をエスコートする。

「わぁ!」

眼下に広がる横浜の夜景に葵は感嘆の声をあげる。静かで人もおらず、穴場の夜景スポットといったところだろうか。

木柵から少し身を乗り出すようにしていると、まだ冷たい三月の風が吹きつけた。思わず首をすくめると、藤吾が自分の上着を脱いでかけてくれた。

「いいよ。藤吾だって寒いでしょ」

上着を貸してしまった彼はシャツ一枚だ。見るからに寒そうなのに、藤吾は首を横に振る。

「俺は暑がりだから」

意地っ張りだから、言い出したことを引っ込めることはしたくないのだろう。

「……ありがと」

葵はそう言って、照れたようにうつむく。ライムに似た、爽やかでほろ苦い香りは彼の香水だろうか。まるで彼に抱かれているような気分になって、胸が甘く疼《うず》く。

「わざわざ夜景を見るために連れてきてくれたの？」

夜の闇にまぎれて、今なら素直に『うれしい。ありがとう』と言えそうだった。藤吾は自身の腕時計を確認したあと、視線をずっと遠くに向けた。

「夜景というか……」

彼の視線をたどって、葵もそちらを見る。

「あぁ、ほら」

藤吾はグッと葵の肩を抱いて、夜空を指さす。

彼の指先のすぐ上に、パッと極彩色の花が咲く。少し間を置いて、ドーンという音も聞こえてくる。

「花火？」

葵は目を丸くして藤吾の顔を見る。

「そう。新しくできた遊園地で毎日あがるやつ。かなり遠いけど、静かに見られていいだろう」

ちょっと得意げな顔で藤吾は笑う。こういう表情は少年だった頃の彼も、よくしていた。葵は花火を見つめ、大きくうなずく。

「うん！　すっごく綺麗。この季節に花火が見られるとは思ってなかった」

「昔から……葵は好きだよな、花火」

覚えてくれていたことがうれしくて、胸が詰まって、どうしてか涙が出そうになった。

しだれ柳の最後の火花が闇に溶けて消えるまで、互いにひと言も発することなく見入っていた。

「帰るか」

「藤吾！」

車に引き返そうとする彼を呼び止める。ゆっくりと振り返った彼に、勇気を出して言葉を紡ぐ。

「あの、今日は……楽しかった。いろいろありがとう」

藤吾は一歩大きく足を踏み出し、葵との距離を詰める。彼女の腰に両手を回してギュッと抱き寄せた。

「これも、訓練？」

葵が聞くと、不敵に笑った。

「そう。葵は初心者だからこれで勘弁してやるよ」

そう言って、葵の頬に優しいキスを落とした。

（つい数日前に、もっとすごいキスをしたけど……でも）

今夜のこのキスのほうが、より藤吾を近くに感じた。

（これまでとは違う新しい関係を築こうとしてくれている。そう思うのは、私のうぬぼれかな？）

頭のなかが藤吾でいっぱいになっていく。と同時に、不安も大きくなる。

（まずいよ、こんなの。私、どんどん藤吾のこと……）

彼が優しい声で言う。

「これ以上外にいると冷えるから帰るぞ」

助手席に座りシートベルトを締めた葵は、一度目を閉じて迷いを断ち切ると、ゆっくりと瞼をあげる。

「藤吾。ちょっと話してもいいかな？」

シフトレバーを操作しかけていた手が止まり、横目に葵を見る。真剣な葵の様子に藤吾も表情を引き締めた。

「なに？」

「結婚式が終わるまでには、子どもを産む覚悟を決める。それで……子どもができたら、私たちの夫婦ごっこはおしまいにしよう」

とてもじゃないけれど、藤吾の顔は直視できない。だから、彼がどんな表情で聞いているのか、葵にはわからなかった。

「子どもはさ、もちろん東雲家の跡継ぎになるけど……私たちは無理して一緒に暮らさなくてもいいんじゃないかなって。別居している夫婦も珍しくないでしょう？」

不自然なほどに明るい声が、かえってむなしさを強調する。

（だって、無理だよ。こんなふうに藤吾と過ごし続けたら……私、きっと深みにはまっていく。戻れなくなるのが怖い）

かりそめの関係なのだと、自分を戒《いまし》めていられるうちに、この茶番劇をおしまいにする。それが葵自身のためなのだ。

膝の上で固く握り締めた葵の手に、ひと回り大きい藤吾の手が重なる。

「もういい、わかったから。葵の思うようにすればいい」

かすれた声から彼の苦悩が伝わってくる。

（撫子を愛する藤吾と一緒にいるのは苦しい。藤吾だって、私といたら撫子を思い出すに決まってるもの）

今日、彼は葵に向き合おうとしてくれた。撫子ではなく葵を見ていた。その気持ちだけでもう十分だ。この関係を長く続けるのは、誰のためにもならない。

四章　身代わり花嫁の献身

そして、六月。本心を隠して永遠を誓う。そんないびつな結婚式は、なんとか無事に終了した。

「つ、疲れた〜！」

披露宴会場でもあった六本木《ろっぽんぎ》の高級ホテル。最上階のスイートルームに戻ってきた葵は、部屋に入るなり、フカフカのベッドにダイブする。背の高いガラス窓の外には都心の夜景が美しくきらめいているが、はしゃぐ気力は残っていない。

結婚式のプランで、式当日はこの部屋に宿泊できることになっていた。長丁場の披露宴だったうえに、お礼のあいさつやらなにやらもあり解放されたのは夜九時過ぎ。そのままホテルで休めるのはありがたいことだった。

「飯はどうする？」

藤吾は麻のジャケットを脱ぎハンガーにかける作業をしながらそう聞いた。葵は枕に顔を埋めたまま答える。

「う〜。おなかは空いているけど、外に出る元気はない」

披露宴中の花嫁は想像以上に忙しく、目の前に並ぶおいしそうなコース料理にはほとんど手をつけることなくお開きを迎えてしまった。

「じゃ、ルームサービスで軽食だな」

「賛成」と答えたあとで、葵はゴロンと仰向けになる。高い天井を見つめて言った。

「結婚式がこんなに大変とは知らなかったよ。一大プロジェクトじゃない」

葵の場合、準備の七割は撫子がやってくれたようなもの。それでも、この三か月は目が回るほど忙しかった。急な結婚報告にもかかわらず、上司の早智がいろいろ気をきかせてくれたからどうにかなったようなものだ。今日も貴重な休みの日をつぶして出席し、祝福してくれた。

（騙《だま》しているみたいで、心苦しいなぁ）

『お似合いよ。幸せにね！』と喜んでくれた彼女に、葵は曖昧な笑みを返すことしかできなかった。

むくりと上半身を起こして、藤吾に向き直る。

「次の休みは、鞠乃さんにお礼を言いに行こうね」

デザイナーの鞠乃は、この短期間でドレスをまるで別物に仕立て直してくれた。モダンでゴージャスな印象に生まれ変わったウェディングドレスは、長身でモデル体型の葵にぴったりだった。

「そうだな」

「それからプランナーさんにも」

シックなテーブルセッティングや会場装花はドレスとの相性もばっちりで、列席者からたくさんのお褒めの言葉をいただけた。

「あとは誰にお礼をしたらいいかな？　本庄のほうは……」

仕事モードで頭を動かしはじめた葵の隣に藤吾は腰をおろすと、大きな手で葵の口を塞ぐ。

「ストップ」

優しく目を細めた彼が言う。

「それを考えるのは明日以降でいい。今日は休め。一番の功労者は葵なんだから」

「ちゃんと、できてた？」

（私、藤吾の花嫁に……なれてたのかな）

少し不安げな表情で藤吾を見あげる。

「上出来。……悪かったな、東雲《うち》の事情で振り回して」

葵は胸の前で両手を振る。

「いやいや。もとはといえば、撫子が急にいなくなるから……」

藤吾の手が葵の首筋に触れる。まるで電流が流れたように、葵の肩が跳ねる。

藤吾はじっと葵を見つめ、ささやいた。

「それでも、ありがとう。この俺が珍しく礼を言ってるんだから、ありがたく受け取っておけ」

「なによ、その上から目線は」

文句を言いつつも、急に甘く濃密になった空気に戸惑いを隠せない。首筋をくすぐるぬくもりに、葵はそっと自身の手を重ねる。その瞬間、藤吾がかすかに身を引くようにビクリと動いた。熱っぽい瞳が葵をとらえる。

鼓動が速まって、息苦しい。

(望んだらダメよ。この大きな手も、まっすぐな瞳も、決して私のものにはならないんだから)

その証拠に、まだ婚姻届は提出していない。それどころか、それについて一度も話し合ってすらいなかった。気持ちはなくとも、正式に夫婦となるのか否か。

(聞きたいけど、知るのが怖い気もする)

藤吾の答えがどちらでも、きっと傷つくだけだ。葵はフッと自嘲を漏らす。自他ともに認める勝気な女だったはずなのに、最近はグズグズメソメソしてばかりいる。

(子どもができてから……藤吾もそう考えているのかも)

ふたりの間に子どもができれば、その子に東雲姓を与えるために籍を入れることになるだろう。授かれないのなら、それまでだ。

「お前のほうから俺に触れたのは初めてだな」

「え?」

藤吾は葵の手の下にある自身の手をそろりと動かすと、指先を絡めてきつく握る。そのままそこに顔を寄せて、白い手の甲に甘く吸いついた。

「んっ」

静かな部屋に葵のひそやかな声が響く。

『結婚式が終わるまでには、子どもを産む覚悟を決める』

葵がそう言ったことを、藤吾は覚えているだろうか。彼の瞳の奥に火がともった気がした。

「ねぇ、藤吾」

「なんだ?」

葵はうつむき、ためらいがちに口を開く。

「言うなって言われたけど……聞いてもいい？」

藤吾は答えない。だが、葵は続ける。

「撫子のこと、怒ってる？」

（政略結婚とはいえ、急にいなくなった撫子を藤吾はどう思っているの？）

彼の視線は目の前の葵をすり抜けて、どこか遠くを見つめている。

「別に怒ってない」

藤吾は複雑そうな顔でフッと口元を緩めると、葵の顔をのぞき込んだ。

「なに？　もし俺が傷ついてるって言ったら、慰めてくれんの？」

形のいい薄い唇に吸い寄せられるように、葵のほうからキスをした。痺れるほどの甘さが胸に痛い。人を死に至らしめる劇薬は、きっとこんなふうに甘美なのだろう。ほんの一滴が命取りで、手遅れになる。

「はっ」

わずかに唇が離れ、藤吾が熱い吐息を漏らす。その熱さが葵を狂わせる。

（藤吾の心にいるのが撫子なことはわかってる。でも、それでもいいから……）

「お願い。なにも聞かずに……キスして、藤吾」

震える声で決死の覚悟を伝えた。藤吾は耐えかねたような表情で、ゆっくりと動く。

その身を獣に変えた彼が、秘めていた情熱をぶつけるような激しさで葵を抱きつぶす。唇を割って、彼の舌が侵入してくる。吐息も唾液も混ざり合って、どちらのものか判断がつかなくなる。息つく間もないほどの深い口づけに、溺れていく。

「あっ、待って。苦し……」

藤吾は答えず、角度を変えながら幾度もキスを繰り返す。甘く、熱く、葵の心と身体をとろけさせていく。

(流れ込んでくるような激情は、きっと私に向けられたものじゃない)

わかっているはずなのに、葵の身体は悦びに震え、のぼせあがる。

とろんと溶けた瞳で彼を見つめる。

「藤吾……」

切なげな声が告げる。

「悪いけど、今夜はもう止まれない。葵のすべてを俺のものにする」

藤吾は葵の背中を片腕で支えながら、どさりとベッドに押し倒した。逃がさないとでもいうように、グッと体重をかけて葵の身動きを封じる。

もう、彼の重みに恐怖を感じることはない。むしろ――。

(どうしてだろう、藤吾のぬくもりは安心する。ずっとこうしていたいと思えるほどに……)

それはきっと叶わぬ願いだ。だからこそ、葵は今を感じたいと思った。

(今だけ、身代わりでいいから……藤吾に愛してほしい)

葵の下肢で藤吾の分身がはっきりと存在を主張している。彼の唇が葵の首筋から鎖骨へと流れるようにすべり落ちる。もどかしそうな手つきで、彼はブラウスのボタンを外す。大きく開いた胸元から、あでやかなバラ色の下着がのぞく。

「この色、似合うな」

短く言って、藤吾は下着の上から口づける。肩紐《かたひも》が落とされ、背中のホックも外された。ぷるんと露出した葵の豊かな乳房に、彼は舌を這わせる。

葵は藤吾の頭を抱きながら声をあげた。

「待って。その、ちゃんと脱ぐから」

中途半端に乱された衣服が、かえって恥ずかしかった。だが、藤吾は少し笑って首を横に振った。

「いい。待てないから」

「ひあっ」

藤吾の舌が敏感な場所をかすめる。すると葵のそこはピクリと上を向き、なにかをねだるように甘く震えた。

「ん、んぅ」

身体の芯に火がつき、切なく疼く。込みあげる熱をなんとか逃がそうと、浅い呼吸を繰り返す。藤吾の舌先がとうとう赤く熟れた果実をとらえ、甘がみする。舌で押しつぶすように刺激し、転がす。

この快感は以前に藤吾から教わったものだ。葵の身体はそのときよりずっと敏感に反応する。

「あんっ」

葵の唇からこぼれる卑猥な声音に、藤吾は意地悪な笑みを浮かべた。

「なんだか前より感度がよくなってないか？　まさか俺以外の誰かに……ってことはないよな？」

「そんなことっ、あるわけないっ」

葵は白い肌を桃色に染め、羞恥に耐えた。むしろその逆なのだ。一度快楽の片鱗《へんりん》を知ってしまった葵の身体は、この数か月、藤吾を求めてやまなかった。待ち望んでいたこの瞬間《とき》に、身体が悦び震えていた。藤吾は柔らかくほほ笑み、葵の髪を撫でる。

「わ、笑わないでよ」

葵は涙目だ。藤吾が耳元でささやく。

「いや、葵のこの顔を知っているのが俺だけとは、たまらないなと思って」

「きゃっ」

今度は舌が耳孔に差し入れられた。ピチャリと淫靡《いんび》な音を立てて、葵の脳を侵していく。舌で耳を攻めながら、指先は胸をもてあそぶ。爪弾くように優しく触れたかと思うと次の瞬間にはキュッと強くつまみあげる。波のように次から次へと押し寄せてくる快感に翻弄され、思考を奪われる。

「もっ、ダメ……」

息も絶えだえに訴えるが、藤吾はますます楽しそうな顔になる。

「ダメじゃなくて、感じるって言えよ。教えただろ」

葵はイヤイヤをするように純白のシーツの上で身体をよじる。

「じゃ、ここでやめるか」

嗜虐的な瞳で彼は言ったけれど、台詞とは裏腹に手は葵の秘められた場所へと伸びる。タイトスカートのスリットから素早く侵入してきて、内ももをヤワヤワとさする。すでに湿っている薄布を彼の指先が撫であげた。

「ん〜っ」

脳天を抜けるような強烈な刺激に葵の背中は大きくしなる。艶めいた声で藤吾はクスクスと笑う。

「ほら、どうするんだ?」

指先を動かされるたびに、葵のそこから蜜があふれた。

「はっ、やめ、やめないで!」

熱に浮かされたような状態で叫ぶ。藤吾の頭を抱き締めると、彼はむき出しになっている葵の下腹部に熱いキスを落とす。ショーツを脱がされ、指が奥へと進むほどに、下半身の力が抜けていく。

藤吾がなかで指を折ると、葵の腰が大きく浮く。

「うんっ」

「気持ちいいか?」

その声までも媚薬のように、葵をグズグズにしていく。ぬれた唇からこぼれるのは、淫らな嬌声《きょうせい》ばかりでもう言葉にならない。葵はうなずき、彼のキスを受け止めることで質問に答える。

「痛かったら、言えよ」

熱くたぎるものが入口にあてがわれる。痛かったような気もするのだが、すぐに甘い熱に押し流されてしまって、はっきりとは覚えていない。覚えているのは、自分を抱く藤吾の腕が残酷なほどに優しかったことだけだ。

それからひと月。マンションのエントランスを彩る装花は、初夏を感じさせるヒマワリのアレンジメントに変わっていた。

あの初夜を境に、藤吾は毎夜のように葵を求めた。脳裏で鳴り続ける警鐘は、肌を重ねるたびにはっきりしたものに変わっていくが、葵も自身の欲望に逆らうことができずにいた。藤吾が欲しくて、触れてもらえるのがうれしくてたまらなかった。

真夜中の薄暗い寝室に、葵の白い背中が浮かびあがる。下にいる藤吾が腰を動かすたびに、葵の上半身は大きく跳ねた。肌がぶつかる淫らな音が静かな部屋に響く。

「あぁ！」

切なく疼く葵のなかが藤吾を優しく締めつける。藤吾の顔から余裕が消えるさまを見るのは、最近の葵のひそかな楽しみだ。

「葵、それはっ」

「藤吾……」

あなたが好き。その言葉をなんとかのみ込んだ。こんなふうに夜毎愛し合っていても、そのひと言は決して口にしてはいけない。葵はそれを知っている。

（言葉にしたら、終わってしまう気がするの。もう少しだけ、夢を見させて）

藤吾が葵を求めるのは、熱く愛をささやくのは、きっと子どもを作るという目的があるからだろう。もしくは、撫子を忘れるために葵を愛そうと彼なりに奮闘しているのかもしれない。どちらにしても、自分たちのこれは幸せな夫婦のマネごとであって、所詮はまがいものだ。

（それでもいいの）

まだ目を覚ましたくない、そのくらいは許されるはず。

「くっ」

熱を吐き出した藤吾はそのまま葵の身体を引き寄せ、抱き合ったままベッドに寝転ぶ。

「明日、早いんじゃなかったの？」

少しあきれた声で言えば、藤吾は平然と返す。

「だから今夜は早めに終わりにした。本当はまだ全然足りないのに」

くるりと身体を回して葵を組み敷くと、藤吾は葵の額に軽いキスを落とす。額に残る彼のぬくもりに、思わず頬が緩む。

「藤吾、あさっての日曜日はお休みだよね？」

「あぁ。だから明日の夜はいつまでも葵を堪能できる」

ニヤリと笑って、藤吾は瞳を輝かせる。

「もうっ、そうじゃなくてさ」

葵は唇をとがらせながら言う。

「観たい映画があって、よかったら一緒にどうかなと思って」

ぶつかってばかりのふたりだが、昔から不思議と映画の趣味は合うのだ。葵好みの映画ならきっと彼も気に入るはずだ。タイトルを告げると、案の定、藤吾ものってきた。

「いいな。俺も観たかったやつだ」

「やった！　チケット予約しておくね」

無邪気に笑う葵を藤吾はギュッと強く抱き締めて、耳元でささやいた。

「あんまり朝早い上映はなしな。夜の楽しみは捨てられないから」

クスクスと笑いながら、葵は藤吾の髪をくしゃりと撫でた。

「一番早い時間にしようっと」

ふたりの笑い声が重なる。

イミテーションの幸福。それでも、本物以上に葵を酔わせ、満たしてくれる。

七月が始まったばかりの日曜日。

初夏の日差しに映えるスカイブルーの半袖ワンピースに身を包んで、葵は玄関を出る。隣に立つ藤吾は、ネイビーのシャツにベージュのパンツというラフなファッションだ。休日出勤が常態化している彼は出かけるときはたいていスーツ姿なので、私服は新鮮に感じる。

「藤吾が丸一日お休みって珍しいよね」

「まぁ、もう慣れた」

あまりのワーカホリックぶりに葵は苦笑する。そんな彼と家から一緒にデートに出かけるのは初めてで、自然と顔がにやけてしまう。藤吾は当然のような仕草で、葵の手を取り歩き出した。

(ちゃんとわかってるから。今だけ、もう少しだけよ)

自分に言い聞かせながら、葵はデートを楽しんだ。映画は期待どおりのおもしろさで、ふたりとも大満足で映画館を出る。

「あのラストは衝撃だった～！　レーガン監督はやっぱり天才」

興奮気味に言うと、彼もうなずく。

「気持ちよく騙されたって感じだな。来年辺りに続編くるかな？」

「続編、期待しかないね！　ねぇ、公開されたらまた一緒に――」

そこまで言いかけて葵は言葉を止めた。自分たちは未来を語れる関係じゃない。

（来年……藤吾はまだ私の隣にいてくれるだろうか？）

前向きな想像をしてみようと思うのに、脳裏に浮かぶ一年後の彼の隣でほほ笑んでいるのは葵ではなく撫子だった。こうして楽しい時間を過ごしていても、どうしても彼の隣にふさわしいのは彼女だという思いを消すことができない。

「葵？」

気遣わしげな声で顔をのぞき込んでくる彼に、泣きたい気持ちをこらえて精いっぱいの笑顔を向ける。

「なんでもないの。興奮しすぎて喉が渇いちゃった！　ね、アイスでも食べない？」

大通りの反対側のジェラート店に視線を送りつつ葵は言う。返事を待たずに、横断歩道に向かって足を速めた。

うだるような暑さも手伝ってか、ジェラート店は大繁盛している。店の外にまで続く長い列の最後尾にふたりは並んだ。

「私はヨーグルトとイチゴのダブルかな。藤吾は？」

「アイスコーヒー」

「えぇ？　せっかく来たのに？」

「甘いもの、そんな好きじゃないし」

そんなおしゃべりをしていると、行列の前のほうからラムネ色のジェラートを手に持った小さな男の子がやってきた。

（三歳くらいかな？）

瞳をキラキラさせて喜んでいる姿が、なんともほほ笑ましい。

「見て、かわいいねぇ」

葵に言われて子どもに目を走らせた藤吾が「あっ」と小さく声をあげて、彼に駆け寄る。なにかに足を引っかけてつまずいたその子を助けようとしてのことだ。すんでのところで、藤吾の腕が小さな身体を支える。葵も慌てて近づいて、大きく傾いている彼のジェラートを支えてあげる。

「よかった！　僕もアイスも無事だったね」

無邪気な瞳が葵を見あげ、ニコッと愛らしい笑顔をくれる。ちょうどそこに彼の母親らしき女性が小走りでやってきた。

「あ、ごめんなさ～い」

葵たちとそう年の変わらなそうな若いママだ。彼女は藤吾の姿を一目見るとポッと頬を染め、何度も礼を言って去っていく。

母子の姿を見送ってから、葵は藤吾に話しかける。

「美人ママだったね。男の子はママに似るって本当なのかも」

さっきの子も整った顔立ちをしていた。

藤吾は興味なさそうに返す。

「そうか？　母親の顔までは見てなかった」

あんなに礼をしてくれたのに……藤吾にときめいていたであろう彼女に少し同情してしまった。

「子どもはかわいかったな。近くで見ると、あまりに小さくて驚くけど」

普段、子どもに接する機会がそう多くない葵も同じ感想だった。アイスを食べられるような年齢の子でも、あんなに小さいのだ。生まれたての子はどんな感じなのだろう。子どもを作ると言いながらも、自分は無知だ。本気で妊活を進めるつもりなら、もっと勉強しなくてはダメだろう。

葵は先ほどの母子が歩いていったほうへ視線を向ける。飲食店や百貨店などが立ち並ぶ大通りはたくさんの人でにぎわっている。もちろん家族連れも多い。

「家のためとかじゃなくてさ……藤吾自身は子どもが欲しいと思う？」

その問いに、藤吾はえらく真面目な顔で考え込んだ。そして、ゆっくりと口を開く。

「昔は苦手だと思ってたけど……いざ生まれてきたら、きっとかわいいだろうな」

そう言いながら、藤吾は慈しむように目を細める。俺さまな彼が、我が子にはあっさりメロメロになる。そんな想像が容易にできて、おかしかった。

「葵は？」

ふいうちの質問返しに、目を瞬く。恋愛経験が乏しすぎるせいで結婚願望を抱いたことはなかったけれど、子どもはいつか産みたいとは思っていた。だけど、今は……どうしてか言葉が出てこなかった。心に黒いものが広がる。

（子どもができたら、この関係は終わってしまう。もしできなければ……？）

その間は彼のそばにいられる。偽りでもなんでも、彼の妻として藤吾を独占できるのではないだろうか。

「葵？」

藤吾の呼びかけでハッと我に返る。自分の浅ましさに嫌気がさす。

「そんな怖い顔して考えることか？」

苦笑する彼に、なんとか平静を装って笑い話に変えた。

「藤吾の反抗期を思い出しちゃったのよ。我が子があんなふうになったらどうしようって」

藤吾は不機嫌そうにぼやく。

「俺はそこまでひどくなかったぞ」

「どの口が言うのよ、万年反抗期だったくせに」

「男はみんな、あんなもんだ」

葵の目から見れば立派な反抗期だった中等部時代の彼を思い出す。当時と比べると横顔はずいぶん精悍《せいかん》になったけれど、意志の強さを感じる目元などはあまり変わっていない。

（藤吾が好き。自覚していなかっただけで、きっとずっと前から……）

泉のように湧きあがる思いを、葵は持て余す。

イートインスペースでジェラートを食べ終えてから店を出ると、藤吾がそっと葵の手を握った。

「葵。さっきの映画の続編が公開されたら絶対に一緒に観に行こう」

弾かれたように顔をあげて彼を見た。先ほど葵が言いかけてのみ込んだ言葉を彼がしっかりとすくいあげてくれたことに驚く。未来《さき》の約束が葵をどれだけ喜ばせるか、彼はきっと知らないのだろう。

藤吾は射貫くように葵を見つめる。

(この宝石みたいに綺麗な瞳に、私はいつまで映ることが許されるのかな?)

眼差しと同じくらい強い声で彼は言う。

「葵は俺に似た子どもは嫌だろうけど、俺は男の子でも女の子でも……葵に似ていたらかわいいだろうなと思った」

「え?」

葵の手を、藤吾は痛いほどに強く握り締める。

「葵の産む子なら何人でも溺愛する自信がある」

それから、彼は照れたようにパッと顔を背け、無言のまま葵の手を引いて歩き出した。言葉はなくても、つないだ手から思いが伝わってくるような気がした。

(もしかしたら、藤吾は本気で私との未来を考えはじめているのかもしれない。子どもが生まれたら、私たちも本物の夫婦になれる? それを期待してもいいのかな)

希望と不安のはざまで、葵の心は大きく揺れた。

自宅マンションの扉を閉めるなり、藤吾は背中から葵を抱き締めた。

「と、藤──」

呼びかけようとした声はキスで塞がれる。葵は無意識のうちに舌を動かし彼を受け入れた。いつの間にか、藤吾に教えられたとおりに身体が反応するようになっている。この唇がもたらす甘美な味わいを、身体がしっかりと覚え込んでしまったのだろう。

銀糸を引いてゆっくりとぬくもりが離れていく。目の前に大好きな人の甘い笑みがある。愛おしくて、切なくて、無性に痛い。

「キスがうまくなったな」

からかうような声音に葵はぷいと顔を背ける。

「お、おかしなこと言わないでよ」

艶めいた彼の吐息がうなじをくすぐって、大きな手が脇腹を撫であげる。背中に感じる彼の体温に身体が熱を帯びていく。

「事実だろ。この身体は完全に俺になじんだ」

忍び笑いを漏らしながら、藤吾はワンピースの裾にするりと指先をすべり込ませた。

膝から内ももに、焦らすように優しく触れる。

「ふっ」

声を押し殺し、せりあがってくるなにかに耐えた。身体の芯が潤み、脚がかすかに震え出す。

「我慢することない。素直に啼いて、俺が欲しいとよがれ」

藤吾の声が葵を支配し、正常な思考を奪う。キスとほんの少しの肌の触れ合いだけで、快楽という名の濁流にのみ込まれてしまう。本当は、このまま彼にすべてを委ねてしまいたい。与えられる幸福をただ、むさぼっていられたら……。

「やめて。やめて、藤吾」

葵は小さく、だがはっきりとそう告げた。

(だって、やっぱりこのままじゃダメだ。私は自分を嫌いになる)

妊娠しなければ、藤吾といられる。子どもが生まれたら本物の夫婦になれるかも。デートの間中、そんなことばかり考えてしまっていた。

(私、子どもを藤吾をつなぎ止める手段にしようとしてる)

こんな人間が、子どもができるかもしれない行為をするのは許されないと思った。もし妊娠できたとして、どんな顔をして我が子を抱けばいいのか。葵は自分自身をひどく責めた。

(今の私に母親になる資格はない。そして、それは……藤吾も同じだ)

藤吾の腕から逃れ、くるりと向きを変えて正面から彼を見る。

「藤吾。ごまかし続けるのは、もうやめようよ。嘘を重ねるだけの夫婦ごっこに明るい未来なんてないよ」

グニャリと藤吾の顔がゆがむ。唐突に突きつけられた刃に戸惑い、おびえている。都合の悪い真実から目をそらし続けた自身の浅はかさを呪ってもいるだろう。葵も同じだ。自分自身に吐き気がするほどの嫌悪感を覚えている。

「教えて、藤吾。撫子がどうして逃げたのか……少なくとも藤吾は私より撫子を知っているはずよ」

彼はなにか知っていて、黙っているだけなのでは？　それは最初から感じていたことだった。撫子の真意を確かめもせずに葵との結婚を承諾するのは、どう考えても藤吾らしくない。

以前に、『弁護士の仕事ってなにが一番大変？』と彼に尋ねたことがあった。

『関係者全員にそれぞれの真実がある。ひとつひとつを正しく把握するのは難しい。けど……それがこの仕事のおもしろいところだ』

それが答えだった。藤吾ならきっと撫子の真実を知ろうとするはずだ。もっと早く、話をするべきだった。できれば……身体を重ねてしまう前に。聞けなかったのは、葵の弱さだ。

(はっきりと藤吾の口から撫子を愛していると告げられるのが怖かったの)

それが葵の真実だ。藤吾と撫子の真実はいったいどこにあるのだろう?

葵はうつむき、肩を震わせる。

「……お願い。撫子を思いながら私を抱かないで」

身代わりでもいいと思った、なんて大嘘だ。肌を重ねれば藤吾は自分を見てくれるんじゃないか……最初から卑怯《ひきょう》な打算でしかなかった。おまけに、それは多少の効果をもたらした。わずかにでも、藤吾の気持ちが自分に向きはじめていることを葵は感じていた。だけど、藤吾との距離が近づくほどに撫子の幻影が葵をさいなむ。どれだけ時間をかけても、『撫子には永遠にかなわない』と悪魔がささやくのだ。

「藤吾!」

押し黙っている彼に、葵の呼びかけは届かない。

(否定……してくれないの?)

甲高い不協和音を奏でながら、心臓が粉々に砕け散る。頭から足先まで、スッと一気に温度がさがる。
葵は藤吾の真実を思い知る。
(私は身代わり花嫁以上にはなれないんだ……)

五章　見つめていたのは、お前だけ

肩を震わせて、目の前で葵が泣いている。それなのに、足に根が生えたように、藤吾はその場から一歩も動けなかった。

「葵——」

伸ばしかけた手がピタリと止まり、藤吾はギュッと強く指先を折った。

(愛しているのは葵だ。昔からずっと、それだけは変わらない。だけど、今さら信じてもらえるはずがない。俺が葵をあざむき続けたのは事実なんだから)

後悔なんて生やさしい言葉ではとても言い表せない負の感情が藤吾を襲う。この結果はある意味では予想できていたこと。卑怯者にふさわしい末路だ。

藤吾はきつく下唇をかみ締める。

(……それでも、葵が欲しくてたまらなかった)

＊　＊　＊

十年ほど前。

西日が差し込む教室。伝統ある秀応院学園高等部の制服はオーソドックスな紺色のセーラー服だ。白いラインの入ったスカートと同じ軌道を描いて、彼女のロングヘアもふわりとなびく。

「え？」

聞こえなかったわけじゃない、聞こえた言葉が信じられなかっただけだ。

「だから、花火大会だって、来月頭に開催される大きいやつ。一緒に行かない？」

藤吾は暴れ出す鼓動を必死に抑えて、平静を装う。

「一緒に……って葵と俺で？」

勇気を振り絞ったそのひと言を、葵はいつものごとくあっけらかんと切り捨てる。

「なわけないでしょ。りっちゃんとあやちゃんと——」

クラスで仲のいいメンバー数人の名があがる。藤吾は窓の外に視線を送り、ふぅと細く息を吐く。

（ま、わかってたけどな）

葵の鈍さは筋金入りだ。藤吾はかなりわかりやすいアプローチを繰り返しているつもりだが、ことごとくなぎ倒されている。

「あとね、久世《くぜ》さんも」

意外な名前が追加された。久世佳乃《よしの》はクラスメイトのひとりだが、葵たちとはそう親しいようには見えない。人形のように綺麗な顔をしたおとなしい女で、いつも教室の片隅で読書をしている。どちらかというと葵の姉である撫子と気が合いそうなタイプだ。

「ふぅん。仲、よかったっけ？」

葵はちょっと困ったような顔で笑うだけで答えない。女子特有の事情でもあるのだろうか。だが、佳乃の存在は藤吾にはどちらでもいいことだ。別に彼女を嫌いなわけではないし、極論をいえば葵さえいればほかのメンバーは誰でもいい。

「わかった、空けとく」

あまり迷うことなく、そう返事をした。ふたりきりなら最高だが、そうでなくても葵と休みの日に会える機会を逃す気はない。それに、もしかしたら浴衣《ゆかた》姿が見られるかもという邪《よこしま》な期待もある。

「そう、よかった。待ち合わせ時間はまた伝えるね」

ホッとしたような、でもどこか後ろめたそうな表情。パチパチと瞬きを繰り返す彼女の姿に、ピンとくるものがあった。彼女はよくも悪くも感情がすぐ顔に出るのだ。

藤吾は腰かけていた机からひょいとおりると、一歩大きく踏み出し、彼女との距離を詰める。

「なにをたくらんでる？」

「えっ」

その声の上擦り具合で、想像が当たっていることがわかる。おそらく、葵自身はそのたくらみに乗り気ではない。誰かに頼まれたのだろう。しばしの沈黙のあとで、葵は観念したように真実を話し出した。

「藤吾には内緒ねって約束だったんだけど……」

花火大会当日、あまりの混雑にグループはふた手に分かれてしまう。いつもの仲良しメンバー組と、藤吾と佳乃組。そういう筋書きらしい。

葵はビクビクしながら藤吾の顔をのぞき込む。

「怒ってる……よね」

藤吾のこめかみに立つ青筋を見て理解してくれたようだ。浮かれていた気持ちが一瞬で沈んでいく。葵と一緒に見られないなら、花火はうるさいだけのゴミだ。

「当たり前だろ。そういう騙し討ちみたいなマネされて喜ぶやつがどこにいる？」

ぶつけられた正論に葵はシュンと肩を落とす。その仕草をかわいいと思ってしまった自分に藤吾はげんなりした。

伏せられた長い睫毛、綺麗な鼻筋、形のいい薄めの唇。本人はきつく思われがちなのがコンプレックスらしいが、あまり甘さのないキリリとした葵の美貌が藤吾はすごく好きだ。

（もういっそ、嫌いになれたら楽なのに……）

だが、それは叶わぬ願いだ。何度そう思っても、藤吾の目は葵を見つけてしまうし、耳は彼女の声を聞き分ける。まるでＤＮＡに組み込まれているかのように、藤吾はずっと昔から葵だけを追い求めている。

「久世さん、お父さんの仕事の都合で来月末にドイツに行っちゃうんだって。中等部の頃からずっと藤吾が好きだった、最後に一度だけでも思い出が欲しいって泣かれちゃって」

それなら、中等部よりもっと前から思っている自分はどうなるのだと葵に文句のひとつも言ってやりたくなる。

「じゃ、正々堂々と俺の前で泣いて、そう言えばいいだろ。それなら、ほだされたかもしれないのに」

トゲトゲしい言葉は佳乃ではなく自分に向けたものだ。彼女に偉そうなことを言う資格はない。

（俺だって、正々堂々と葵とふたりがいいとは……言えてないもんな）

拒絶されるとわかっていて、ぶつかっていくのは勇気がいる。佳乃の気持ち、藤吾には痛いほどよくわかる。

葵は胸の前で両手を合わせて、頭をさげる。

「騙そうとしたことは本当にごめん。謝ります。でも……はぐれる作戦はなしにするから、花火は来てくれないかな？　みんなで花火を見て、久世さんを送ってあげようよ」


八月。結局、藤吾は花火大会に出かけていった。そして、菫《すみれ》色の浴衣に身を包んだ佳乃の隣で花火を見る。

「ドイツでも元気でがんばって」

最後の花火が弾けたあとでそう声をかけると、佳乃はクスリと笑んだ。

「ありがとう。ずるい手を使ってごめんなさい。――本庄さんに頼めば、東雲くんは断れないだろうなってわかってた」

そのとおりだったので、藤吾はなにも言えない。ここに来たのは転校してしまう佳乃を不憫《ふびん》に思ったからじゃない。佳乃の願いが叶わないことで落胆する葵の顔を見たくなかったからだ。

「東雲くんの恋が実るように私も祈ってるね」

佳乃の健気な笑顔の奥に、りんご飴《あめ》にかじりつく葵の姿があった。こんなときですら、藤吾の目は佳乃ではなく葵にピントを合わせてしまう。藤吾の期待した浴衣姿ではなく、レモンイエローのTシャツにホワイトデニム。色気のかけらもないその姿が、藤吾にはまぶしすぎて直視できない。

制服に別れを告げ、モラトリアムな大学生活も瞬く間に過ぎ去り、社会人となってからも、残酷なまでにふたりの関係は変わらなかった。

――振り回されて、傷つけられて、それでもなお、藤吾は葵から離れられない。

「見かけによらずマゾ体質よね、藤吾くん」

撫子はいつもそう言ってコロコロと笑った。

執着じみた藤吾の片思いを、誰よりもよく知っているのが彼女だ。あきれ半分ながらも応援してくれている、そう思っていた。だからこそ、あの日の撫子の言葉に藤吾は心底驚いた。

九月初旬、日曜日の昼さがり。父親である和樹に呼び出されて藤吾は実家を訪ねた。

東雲の本家は港区白金台《しろかねだい》にあり、その厳めしい門構えはまるで周囲を威嚇しているようだ。弱い番犬ほど一生懸命に吠えるように。

土地や住居が住む人間に与える影響の話はよく聞くが、その逆もあるのかもしれないなと藤吾は思った。住む人間の精神状態が家に反映されるということが。

この家は祖父である洋三が建てたものだが、藤吾が小さかった頃はもっと開放的で穏やかな場所だったように記憶している。現在の主である和樹の焦燥感が家にも伝わっているのかもしれない。

近頃の和樹の野心家ぶりは見ていて心配になるほどだ。経営する『東雲パートナーズ法律事務所』の業績は順調だし、息子の藤吾も弁護士として一人前になりつつある。あとは楽隠居を待つのみ……で十分なはずなのに、飽き足らずに政界参入を目指しているのだ。

ひとり息子としていさめるべきかやや迷ったが、悪事に手を染めでもしないかぎりは本人の好きにさせてやろうと母親と決めたのだ。

『お義父さんと違う道で認められたいって気持ちもわかるのよ。それに、意外と政治家のほうが合っているのかも』

母親は苦笑混じりにそう言った。

おそらく、和樹のその思いは彼女より藤吾のほうが正しく理解している。

法曹界で、東雲洋三の名はとてつもなく重い。死してなお神のように君臨し、その横に並び立てる者などいやしない。和樹はいつまでも〝東雲先生の息子さん〟であり、藤吾は〝お孫さん〟なのだ。

藤吾も、正直にいえばこの道を選ぶかどうかに葛藤があった。洋三と比較されづらい検事か裁判官になろうかと考えたこともあった。だが、結局は同じ弁護士の道に進んだ。祖父が立ちあげ、父親が育てた事務所を守りたいという思いもあったが、純粋に弁護士の仕事に一番興味を惹かれたからだ。藤吾はもう〝東雲先生〟の呪縛から解き放たれつつある。

玄関で、藤吾は若い女性のものと思われるハイヒールに目を留める。

（葵……じゃないよな）

背が高いのを気にしている彼女は、あまり高いヒールを好まない。それにパールのあしらわれたかわいらしいデザインも葵の好みとは違う。

（じゃあ多分……）

藤吾の予想は正解だった。いつも和樹のいる応接室から、彼と撫子の話す声が漏れ聞こえてきた。

「そうか。葵ちゃんは……やっぱりダメかぁ」

「う～ん、葵と藤吾くんは犬猿の仲ですから。でも、大丈夫ですよ。私でお役に立てるのならこの縁談、喜んでお引き受けしますから」

（縁談？）

藤吾はノックもせずに扉を開けて、撫子と和樹の顔を交互に見やる。

「なんの話だ？」

バツが悪そうに頭をかいた和樹とは対照的に、撫子は肝の据わった様子でにっこりと藤吾にほほ笑みかけた。


密談の内容が自分と撫子の縁談だと知った藤吾は「送っていく」という口実で撫子とふたりきりになった。彼女を助手席に乗せ、車を出す前に話を始める。

昂《たかぶ》る感情を必死に押し殺した声は、低く重い。

「どういうことなんだ？」

対する彼女は、歌うように軽やかだ。

「和樹おじさまにお話ししたとおりよ」

清楚、淑やか、上品。みんなが撫子のことをそんなふうに思っている。実際、彼女はいつも穏やかで誰に対しても優しい。それは決して見せかけだけではないが……意外と食えない一面があることも藤吾はよく知っている。

(単純な葵と違って、なにを考えてるのか、いまいち読めないんだよ)

だけど、彼女のそんな面を知っているのは藤吾だけなのかもしれない。撫子は葵を溺愛していて、彼女の前では完璧な姉でいるから葵はきっと知らないはずだ。

(それにしても、俺の意見も聞かずにいきなり本庄家に縁談を持ちかけるとは……親父は焦りすぎだ)

ただ、和樹が縁談を望む理由はよくわかる。選挙のために、本庄の名と千香子の力が欲しいのだろう。

(だが、撫子がそれを承諾する理由は?)

「俺の気持ちは知ってるだろ。それでどうして?」

撫子に怒るような話でないことは承知しているが、彼女の態度がどうしても解せない。藤吾にすごまれても、撫子は平然としている。

「もちろん知っているわ。ストーカーもびっくりのしつこさで、葵を思い続けていること」

「聞きたいのはそこじゃない」

アームレストに置いた手にグッと力が入る。撫子の思惑がわからなくて、気味が悪い。ついでにいえば、自分の執念深さは他人に指摘されるまでもなく自身が一番よく知っている。

軽く肩をすくめた撫子は、からかうような瞳でこちらを見る。

「さっきの話、聞こえていたでしょう? 藤吾くんがどれだけ追いかけても、葵にその気はないのよ。この縁談も、ありえないって一蹴されたわ」

和樹は『撫子と葵のどちらかを藤吾に』と本庄家に打診した。しかし撫子から話を聞いた葵は断固拒否、それならばと撫子が引き受けることになったらしい。

すっかり振られ慣れているとはいえ、『ありえない』の反応はさすがの藤吾でも結構こたえる。無意識のうちに深いため息をひとつ落としていた。

「葵のことはきっぱり諦めて、私と幸せな家庭を築くというのはどう?」

口調は冗談めかしていたが撫子の表情は思いのほか真剣で、藤吾は彼女の真意をはかりかねた。だが、撫子の台詞が冗談だろうが本気だろうが、藤吾の答えはひとつしかない。

藤吾はフッと自嘲する。

「葵以外のほかの誰かと……なんて、嫌になるほど考えたさ。けど、どうしても無理だった。俺は葵しか愛せない」

撫子のことは嫌いじゃない。だが、葵と〝嫌いじゃないほかの女〟の差はあまりにも大きく、どうしたって埋められない。ほかのどんな女も葵の代わりにはならない。だからこそ、藤吾は苦しんでいるのだ。

撫子は美しい瞳をパチパチと瞬いたかと思うと、プッと噴き出す。

「冗談よ、冗談！　藤吾くんの葵への重すぎる愛は、私が一番よく知ってるもの」

クスクスと笑い続ける撫子に、藤吾はムッとした顔で言う。

「だったら、この縁談はなんの冗談だよ」

撫子はようやく本心を語る気になったようだ。表情から笑みが消え、スッと真顔になる。

「おばあちゃまの決定なのよ」

「千香子さんの？」

〝鉄の女〟と呼ばれる彼女の顔を藤吾は思い浮かべる。本庄家において千香子の発言は絶対であることは葵からもよく聞く。

「ええ、東雲家への恩返しがなにより大事だって。おじさまから聞いたわ。政界で成功するためには、本庄家との婚姻関係と跡継ぎの誕生が大切なのでしょう」

「それはそうだが……親父のくだらない野望のために撫子が犠牲になるのはおかしいだろう」

戦前ならいざ知らず、もうそんな時代ではないはずだ。

「もちろん、私にもメリットがあるのよ。だから引き受けたの」

「メリット？」

「うちのお父さんの過保護ぶりは藤吾くんも知っているわよね」

撫子と葵の父親、敦之はふたりの娘をそれはかわいがっており、とくに病弱な撫子に対しては、ややいきすぎている面があるのも事実だ。その敦之が、撫子に最良の結婚相手を探すと、最近やけに張りきっているそうだ。

「藤吾くんに断られたら、次の相手をあてがわれるだけ。うんざりなのよ」

その言葉は嘘ではないのだろう、撫子は疲れた顔で視線を上に向けている。

「心配しないで。本気で結婚するつもりはないから。――計画があるの、おじさまの選挙も……すべてがうまくいくはず。でも、それにはもう少し時間が必要なのよ」

撫子は真剣だ。なにか大きな覚悟があるように見えた。

「つまり、俺に時間稼ぎのための盾になれってことか？」

「えぇ、半年でいいの。お願い、藤吾くん」

背もたれに身体を預け、藤吾は深く息を吐く。

「協力できるかは、計画の内容次第だな」

撫子はピクリと眉を動かし、ためらいがちに小さく答えた。

「――それは、言えない。誰かに話したらこの計画は失敗しちゃうの」

「それなら、俺は協力できない。ほかの男を当たってくれ」

多少の同情心はあったが、それを振り切る強い口調で言った。

たとえいっときでも、好きな女の姉と婚約するなどありえない。

撫子はなにか思案する顔になったかと思うと、芝居がかった仕草で自身の左腕をさすった。

「雨になるのかしら？　なんだか古傷が痛むわ」

薄手のカーディガンを羽織った彼女の細い腕を直視できなくて、藤吾はわずかに視線をそらす。自責の念は時間を経ても、薄まるどころか強くなっていくばかりだ。

高等部時代のあのバイク事故の記憶がまざまざと蘇る。藤吾は最も危険な位置にいた撫子ではなく、とっさに葵をかばってしまったのだ。頭で考えたことではなく、身体が勝手に動いた。

（けど、どう見ても危ないのは撫子だった。俺がちゃんと彼女を守っていれば……）

自分の判断ミスのせいで撫子は消えない傷を負った。真夏でも長袖を着る彼女を見るたびに罪悪感が膨らんだ。罪滅ぼしのように撫子を特別扱いしてきたけれど、それで傷が消えるわけでもない。むしろ、藤吾の自己満足に、彼女はかえって居心地の悪い思いをしているようだった。

「ごめん。謝って許されることじゃないのはわかってるけど」

撫子はちょっと意地の悪い笑みを浮かべた。

「言葉より行動で示してほしいかな？　藤吾くんは弁護士だもの。誠意の見せ方は知ってているでしょう」

撫子が本気で言っているわけじゃないことは、もちろんわかっている。けれど、数パーセントの本音が混ざっているような気がして……今度は突っぱねることができなかった。

「――わかった。可能な範囲で協力する」

「ありがとう、藤吾くん」

「ただし、俺にも条件がある。葵には打ち明けてもいいよな？」

そう言うと、撫子は血相を変えた。

「それだけは絶対にダメ！　葵はすぐ顔に出るもの。両親にバレるに決まってるわ。その前に、家の都合で政略結婚なんて馬鹿げてるっておばあちゃまと大喧嘩になるかも……」

その様子が目に浮かぶようで、反論できなかった。

「とにかく葵には、絶対に内緒にしてね」

撫子の意志は固く、藤吾は渋々ながらも、うなずくしかなかった。

「じゃあ、交渉成立ね」

求められた握手に、仕方なく応じる。

「本当にありがとう。今後なにがあっても守秘義務は守ってね、優秀な弁護士さん」

いたずらっぽい、でも決意を秘めた彼女の微笑を、藤吾は黙って見つめていた。

「指輪？」

自分たちの婚約を葵に報告しようと食事会を企画したのは、もちろん撫子だ。そのために指輪まで用意したらしい。

撫子は左手を藤吾に見せつける。

「イミテーションだけどね。でも、ほら！　本物と並べでもしないかぎり、全然わからないでしょう？」

彼女の言葉どおり、その石はまるで本物のダイヤのような顔をして、キラキラと輝いていた。

こうして葵にも結婚を信じ込ませ、式の日取りも決まった。偽のダイヤと同様に、自分たちの結婚も誰も嘘とは気がつかない。

「会場はモダンな感じにまとめたいわ。ブーケも大人っぽい雰囲気で。あ、これ素敵ね」

撫子は楽しげな様子で披露宴の準備を進めている。

（これも芝居？　それとも結婚式はするつもりなのか？）

「本当はドレスのデザインも手を加えたかったのだけど……強行スケジュールの結婚だからさすがにそれは無理ね。サイズ直しで精いっぱい」

撫子は悔しそうにこぼした。

いよいよ結婚式まであと三か月となった。仕事帰りの藤吾は撫子の待つ店に向かう。今日は招待客リストの最終確認をする予定になっていた。

（招待状を出したら、いよいよ後戻りできないぞ）

藤吾の焦りとイラ立ちは、ピークに達していた。

「いいかげんに計画とやらを教えてくれよ。いつまでこの芝居を続けたらいいんだ？」

「もう少し。でも、心配しないで。藤吾くんを騙して、あなたの花嫁になろうとしているわけじゃないから」

藤吾は眉間に深いシワを寄せ、彼女を見つめる。

「なにを隠しているんだ、撫子。話してくれよ」

彼女が時折、思いつめたような顔をすることが気がかりだった。

愛しているのは葵だが、撫子は大切な幼なじみだ。力になりたいと思う。そう言葉を尽くしても、彼女は首を横に振るだけ。

「まだ話せないわ。藤吾くんにも葵にも」

カッとなった藤吾は思わず声を荒らげる。

「なら、茶番はおしまいにしよう。両親にも葵にもすべてぶちまける。それでいいな」

撫子が失踪したのは、それから数日後のことだ。

「こうなったら、代わりに葵ちゃんを……知らない者同士じゃないんだしな」

父親である和樹がとんでもないことを言い出したとき、撫子の計画のことが頭をよぎった。

(まさかこれを狙って？　いや、こんな馬鹿げた話を想定していたはずないだろう)

と同時に、脳裏で悪魔がささやいた。

(……理由はどうあれ葵と結婚できるかもしれない。これは俺にとって最後のチャンスなんじゃないか？)

その誘惑を藤吾は断ち切ることができなかった。撫子の真意はわからぬままに、藤吾と葵の結婚話はどんどん進んでいく。心は千々に乱れた。撫子を心配する気持ちはもちろんある。それは嘘ではないが、このまま葵を自分のものにしてしまいたいというエゴも消せない。一番大事な葵の気持ちより自分の欲望を優先した。

弁護士を志すくらいだから、子どもの頃から正義感だけは強かった。曲がったことが嫌いで、自身も正しくありたいと思っていた。それなのに、葵が絡むと、いつも間違えてしまう。

(撫子を守れなかったときも、そして今回も――)

だけど、偽りの夫婦であっても、ふたりの関係は少しずつ前進しているように思えた。葵はやっと自分を男として意識するようになったし、いつかは振り向いてくれるんじゃないかと淡い期待を胸に抱く。

デザイナーの鞠乃にウェディングドレスの手直しをお願いしたあと、藤吾は助手席に葵を乗せて、ベイエリアのレストランを目指して車を走らせていた。

葵には内緒にしていたけれど、昨日の時点で予約を入れてあった。ベストな時間に花火が見られるよう、食事にかかる時間も計算済みだ。

「行ったことあるの？」

店のドレスコードについて説明すると、葵はそう尋ねてきた。藤吾は一瞬、言葉を詰まらせる。チラリと葵を見て、彼女に気づかれぬよう細く息を吐く。

（覚えてない……か）

いつだったか、一緒に雑誌を眺めていたときになにかの特集ページにこの店が掲載されていたのだ。

『オシャレだね～。こんなお店に連れていってもらえたら、なんとも思ってなかった男性《ひと》でも好きになっちゃいそう』

（お前がそう言ったから……）

当の本人はすっかり忘れているようだが、藤吾はしっかり覚えている。いつか彼女を誘おうと思ってメニューやドレスコードもリサーチ済みだった。

祈るような気持ちで、葵を見つめる。

(頼むから……好きになれよ、俺を)


そして、結婚式を終えた夜。

撫子のことをうやむやにしたまま、自分の気持ちも伝えないままに葵を抱くのは卑怯だと理解している。にもかかわらず、もう止まれなかった。

「ん、んぅ」

初めて聞く甘い声、誘うようにとろけた瞳、しっとりと吸いつく柔肌。彼女のすべてが藤吾を魅了し、理性を狂わせていく。

ねだるようにツンと上を向いた頂をゆっくりと口に含む。その甘美な味と、耳をくすぐる葵の吐息で、藤吾の全身にぶわりと熱が巡る。舌先でもてあそび、音を立てて吸いつく。

「ひゃっ。と、藤吾」

助けを求めてすがるような彼女の目が嗜虐心を煽り、男の本能を昂らせる。

葵は間違いなく初めてなのだ。できるかぎり優しくし、恐怖を取り除いてやりたい。

そう願う自分もたしかに存在するのに、身体は言うことを聞かない。

飢えた獣が獲物にかぶりつくように、強引に唇を奪う。角度を変えながら幾度もキスを繰り返した。なにかに急き立てられるように指先を薄布の奥へと進めていく。クチュリと卑猥な音を立てて、葵のそこから蜜がこぼれる。

耐えかねたようにギュッと強く唇をかむ葵が、かわいくて仕方ない。彼女のこんな姿を知っているのはこの世界で自分だけなのだという優越感に酔いしれた。

「はっ、やめ、やめないで！」

焦らすように攻め立てると、とうとう葵の口から自分を求める言葉が飛び出す。藤吾の頬は無意識に緩んだ。

たとえ、葵の側に愛がなくても……これ以上はないという幸福だった。

「はっ、んっ」

自身の指に感じる温かく柔らかな感触だけで、藤吾はぶるりと身震いした。せりあがってくる衝動を浅く息を吐くことでなんとか抑えて、丁寧に彼女の身体をほぐしていく。

葵の悦ぶ場所を探り、強弱をつけて刺激する。それを繰り返していくうちに少しずつ隘路《あいろ》が開いていった。

「痛かったら、言えよ」

口ではかっこつけたものの、止まれる自信は少しもなかった。限界まで昂ったものが葵のなかへと入っていく。

思い続けてきた相手とひとつになる高揚感はとても言葉では言い表せない。藤吾に呼応して淫らに揺れる葵の肢体は、たまらなく美しくて……押し寄せる波をこらえるだけで精いっぱいだった。

「と、藤吾……」

葵の腕が自身の首に絡みつく。その動きに誘われるように、藤吾は唇を重ねた。つたないながらも、懸命に応えようとしてくれる彼女の仕草が藤吾の心を甘くくすぐる。

「はっ、葵。葵——」

熱に浮かされたように幾度も彼女の名前を呼ぶ。そのたびに藤吾の動きは深く、激しくなっていった。

「ん、んん〜」

彼女のなかが大きくうねるのとほぼ同時に、藤吾も熱を吐き出した。

一度でも知ってしまったら最後、ズブズブと底なし沼に沈んでいくように藤吾は葵に溺れきった。目が合えばキスをしたいと思うし、触れてしまえばその先まで、彼女のすべてを奪い尽くしたいと渇望《かつぼう》する。

(葵が好きだ。狂おしいほどに愛しくて、だから……本当のことは言えない)

葵は自分のことを〝撫子に捨てられたかわいそうな男〟だと信じているから、こうしてかりそめの夫婦関係を続けてくれているのだ。

そうじゃないと知ったら?

葵を手に入れるためにそれらを全部利用しただけの卑怯者だと知られたら、きっと軽蔑される。

(――葵を失いたくない)

薄氷の上の幸せは長くは続かない。わかっていても、藤吾は自分の弱さから目をそらし続けた。

(このまま、時間が止まってしまえばいい。この瞬間が永遠になれば……)

だが、その祈りは神には届かなかった。当たり前だ。咎人《とがにん》の願いを聞き入れるほど神は優しくないだろう。

偽りの夢は、あっけなく砕け散る。あとにはなにが残るだろうか。

＊＊＊

藤吾が葵に真実を告げられずに苦しんでいたとき、イタリアの首都ローマで撫子も悩んでいた。

「彼女は不在です……はい、伝えてはおきます」

この研究室で同僚となったカルロが、イタリアなまりの英語で電話対応しているのを撫子は背中で聞いていた。

「撫子！」

通話を終えたカルロに呼ばれ、振り返る。彼は撫子よりひとつ年下のイタリア人。クルクルした巻き毛と濃い睫毛が、いかにもラテン男といった雰囲気だ。その彼が大きな身体をシュンとさせ、困ったような顔をしている。

撫子は申し訳なさそうに顔の前で両手を合わせた。イタリア語はまだまだ特訓中なので、彼との会話は英語が主だ。

「ごめんなさい。うちのお父さん、しつこくて」

たった今、カルロが相手をしていたのは敦之だ。優しいカルロに甘えて、毎回こうして彼に対応をお願いしている。

「家族の心配をするのは当然のことだよ。むしろ、僕は彼に同情してる。どうして、話を聞いてあげないの？　撫子のこと、すごく愛しているんだと思うよ」

彼はとても家族を大切にしている。だからこそ、撫子の行動が解せないのだろう。

「うん。それはわかってる」

「だったら！」

「深い事情があるのよ。いつかカルロにはきちんと話すから。今はなにも聞かずに協力してくれないかしら？」

お人好しな彼が、その頼みを断れないことはわかっていた。案の定、彼は渋々ながらもうなずいてくれる。

（まだダメよね。あともう少し……）

六章　身代わり花嫁の懐妊

梅雨明けも近いのだろうか。今日は快晴で、ギラギラと輝く太陽が容赦なく葵の肌を焼く。じっとりとまとわりつくような湿気が不快で、シャツの襟元を軽くばたつかせた。

「今年も外出のつらい季節が来ちゃったわね」

隣を歩く上司の早智がうんざりした顔でぼやく。翻訳の仕事というと、ひたすらパソコンに向かっているようなイメージを持たれやすいが、葵の場合はそうでもない。小さな会社なので、営業や納品のために外出する機会も多いのだ。

「はぁ。蒸し器のなかの肉まんになった気分……って、文学にたずさわる人間としてはもう少し詩的な表現をしないとダメね」

たしかに情緒はないが、的確な表現だなと笑ってしまった。『夏』という言葉そのものには明るく爽やかなイメージがあるが、日本の夏はむしろ爽やかとは真逆だろう。

「蒸し暑いを詩的に……う～ん、難しいわねぇ」

「この暑さじゃ、素敵な表現も思いつかないですよね」

ふたりは顔を見合わせて肩をすくめる。

ハンカチで額の汗を拭いながら、早智は続ける。

「いい大人がこんなこと言ったらダメかもしれないけど、正直さぁ、クリーンエネルギーだの食品ロスだのの環境問題ってどこか遠い世界の話に感じるじゃない？　たまにセミナーとかに出ると、大事よねって思うんだけど、日常に戻るとすぐ忘れちゃってさ」

早智はおしゃべり好きで彼女の頭のなかには常にいろいろな話題が詰まっている。今日はなにが飛び出すのかなと葵はいつもワクワクしていた。

「けど、地球温暖化だけはリアルに感じるわ～。私が子どもの頃って最高気温三十度で大騒ぎしてたからね。最近は真夏の三十度って涼しいほうでしょ」

葵の子ども時代は早智の頃よりはすでに温暖化が進んでいたように思うが、それでもここ十数年でさらにひどくなっているのは事実だろう。

初等部の頃、葵は夏休みが大好きだったが、撫子と藤吾は冬休みのほうが好きだと言っていた。休みは長ければ長いほどいいのに、ふたりは変わってる。そんなふうに感じたことを懐かしく思い出す。

「同じ暑いなら、ハワイとか地中海とかカラッとしたところに行きたい！」

今日は真面目な議題なのかと思いきや、早智の話は環境問題からあっという間に今年の夏季休暇の過ごし方へと移り変わっていく。彼女の口からヨーロッパの都市の名前がいくつかあがり、葵も海の向こうに思いをはせた。

(ローマはこっちより涼しいのかな? 撫子、どうしているんだろう)

あいかわらず、撫子からの連絡はない。仲良し姉妹と言われてきたのに、今彼女がなにを思っているのか、まったく見当もつかない。

ぼんやりしている間に、また早智の興味は新しいものに向かっていたようだ。

「で、どうなの?」

「え?」

彼女はにんまりした顔で葵を見る。

「だから、本庄さんの新婚生活よ! あんなイケメンの顔を毎日拝めるなんて、本当にうらやましいかぎりだわ~」

某男性アイドルグループファンの早智にとって、藤吾の顔はどストライクらしい。興奮気味に彼女は続ける。

「しかも彼、本庄さんにベタ惚れって感じだものね。披露宴の間の熱い眼差しったら、こっちが照れちゃったわよ」

頬を紅潮させた早智にバシバシと肩を叩かれても、葵の口からは乾いた笑いしか出てこない。

（藤吾の演技が上手だったのか、早智さんの目が節穴か……）

「えっと、まぁ、ようやく慣れてきたかなって感じです」

もともと愛されてもいないうえに、今は喧嘩して会話もない状態だとは、とても言えない。葵はそっと目を伏せた。

藤吾はやっぱり撫子を思っている。それを知ってしまったあの日から数日経つが……いまだに彼の顔をまともに見ることができない。苦しくて、怖くて、どうしていいのかわからない。

葵の表情が曇ったのを敏感に察して、早智は「うんうん」と大きくうなずく。

「まぁね。いくら大好きな彼とでも、新生活はストレスもあるわよね。ちょっとした生活習慣の違いに驚いたりとかさ」

早智は自分の夫の変わった習慣の話題で葵を笑わせてくれる。葵の悩みは早智夫妻のようなほほ笑ましいものではないが、励まそうとしてくれる彼女の気持ちがうれしかった。

「結婚生活は長いからね。無理しないことが大事よ。このところ、ちょっと顔色悪くて心配だわ」

眉根を寄せて、早智が顔をのぞき込んでくる。

「大丈夫です！　次の仕事も楽しみだし、元気いっぱいですから」

その指摘どおり、最近の葵は体調があまり優れないのだが、プライベートのゴタゴタを仕事に持ち込むわけにはいかない。自分に活を入れるためにも、精いっぱいの笑顔を見せた。

ふたりが目的の駅に着くと、駅前広場にはなにかの人だかりができていた。

「あぁ。そういえば今週末は選挙だったわね」

選挙カーを停めて、大きな声で演説をしている女性候補者を横目に早智がつぶやく。

「暑いなか大変ねぇ」

「本当に……」

「けど、選挙活動をのりきる根性のない人に国政を任せるわけにもいかないし。がんばってもらわなきゃね」

支援者と握手を交わす彼女の姿に、葵は藤吾の父親である和樹を思い出す。

（おじさまも出馬しているのよね。あの人と同じように、今頃がんばっているんだろうな）

政治の世界に明るくはないが、和樹の当選は願っている。彼の念願が叶えば、自分たちの結婚にも意味があったと思えるから。

「あ、急がないと電車来ちゃう。ちょっと走るわよ」

小走りになった早智のあとを追って、葵も改札口へと足を速めた。


そして迎えた衆議院議員選挙の日。日曜日だというのに、葵は珍しく出勤をしており、帰宅したのは夜九時前だった。

夕方には終わるだろうと思っていたのだが、身体がだるく、ちっともはかどらなかったせいで、こんな時間になってしまった。

藤吾と顔を合わせるのが気まずいという深層心理もあったのかもしれない。

(今日はもう帰ってるかな?)

マンションのエントランスを重い足取りで歩きながら、藤吾のことを考えた。いつも以上に仕事が多忙なのか、彼も葵をさけているのか、このところあまり顔を合わせていなかった。

今日は和樹の選挙だ。仕事ではなく、実家に帰っている可能性もある。

(かえって、そのほうがいいかも……)

弱気なことばかり考えてしまう自分に、苦笑を漏らす。

だが、自分がどこに進むべきなのか、今の葵にはさっぱりわからない。前にも進めず、後戻りもできず、八方塞がりの状況だった。

エレベーターを待っていると、ハンドバッグにしまってあるスマホから着信を知らせる音楽が流れた。葵は手早くバッグから取り出し、応答する。

「もしもし。お父さん?」

小さな画面に表示されていた名前は敦之だった。

『葵、やったぞ! 和樹くん、当確だってさ』

もちろん選挙の話だろう。とてもうれしかったし、ホッとしたような気持ちだった。

この結婚は無意味ではなかったのだ。

「そっか、よかった。おじさま、喜んでるだろうね」

『あぁ。泣いて喜んでたよ。葵にもあらためて礼をさせてくれと言ってた』

「私はなにもしてないよ」

五分ほど敦之と話をしてから電話を切った。

(一応、身代わりの役目を半分は果たせたかな)

あとは、千香子と約束した跡継ぎを残せたら完璧なのだろうけど……それは無理な話だ。もう藤吾に抱かれることはないだろう。葵自身もそれを望まない。

（こんな状態で子どもを……なんて考えられない。そもそも、家の都合だけで子どもを望むのは間違えてる。そんな当たり前のことにやっと気がつけた）

柔らかな亜麻色をした葵の瞳が涙でぬれる。グスッと鼻をすすりながら、天を仰いだ。身代わり花嫁は想像以上に苦しいものだった。

（どうしようもない馬鹿だなぁ。浅はかな気持ちで、身代わり結婚なんて引き受けるからこんなことになるんだ）

自分自身にも隠し続けてきた本心に、もう気がついていた。藤吾との結婚を引き受けた理由は、和樹のためや本庄家の娘としての義務感からだけではない。形だけでも夫婦になれたら、藤吾が自分を見てくれるかもしれない。そう思ったからだ。

（正々堂々と撫子と戦う勇気もない、卑怯者だ）

自嘲するようにフッと笑む。と同時に、葵の上半身がぐらりと傾く。頭の奥がズキズキと痛んで、膝から力が抜けた。そして、視界が暗転する。

「葵っ」

気のせいだろうか。遠くで、藤吾の声がした。

頭も手足も鉛のように重い。意識はあるのに、身体が目覚めるのを拒否している、そんな感覚だった。うっすらと瞼を開けて、ぼんやりした空間に手を伸ばす。すると、その手が温かいものに包まれた。

「葵。大丈夫か」

輪郭の曖昧だった人影が、少しずつはっきりしてくる。青ざめた顔で葵の手を握り締めているのは、藤吾だ。

「とう……ご?」

声を発したことで、意識がいっぺんに覚醒した。すっかり見慣れた天井は藤吾の部屋のもので、自分はついさっき体調不良で倒れたのだと理解する。

上半身を起こそうとするが、どうしても力が入らない。それどころか、頭を動かした反動で、胃からなにかが込みあげてくる。

「うっ……」

強烈な吐き気に、背中を嫌な汗が伝う。葵は力なく、ふたたびベッドに身体を横たえた。

「吐き気か?」

「うん。気持ち悪い。水を——」

最後まで聞かずに藤吾はうなずく。

彼が持ってきてくれた水をひと口飲んだが、気分はあまりすっきりしない。

「眠れるなら寝てしまえ」

額に触れる彼の手のぬくもりに葵はホッとする。会いたくないと思っていたはずなのに、どうして彼の隣はこんなに居心地がいいのだろう。

その夜は、うつらうつらと浅い睡眠を繰り返した。水を飲むのも気持ちが悪いといった状態で、何度もやってくる強い吐き気との戦いだった。葵も消耗したが、ほぼ寝ずの看病を続けてくれた藤吾もきっと疲れたことだろう。


カーテンの隙間から差し込む明るい光で、葵はようやく朝が来たことを知る。夜中よりは幾分か気分がすっきりしているような気もした。

「具合は？」

藤吾が心配そうに顔をのぞき込んでくる。

「う～ん、まだダメそう。迷惑かけてごめん」

「葵の会社には休むと連絡を入れたよ。俺も今日は休みを取った」

「大丈夫なの？」

「妻が倒れたんだから当然だろ。それより、いつから体調が悪かった？」

気づけなかった自分を責めるように、藤吾は顔をゆがめる。

「えっと、ここ数日かな。熱っぽいし、食欲もなくて……」

自身の症状を説明しながら、葵はハッとする。藤吾も同じことに思い至ったようだ。

ふたりは無言で顔を見合わせる。

「まさか……ね」

「まさかでもないだろ。近くの病院、探すから」

藤吾はすぐにスマホで近くの産婦人科を調べ、電話をかけた。

「予約なしでも大丈夫だそうだ。病院まで行けるか？」

「う、うん……」

藤吾の車で病院に向かう短い時間にも、葵の心は激しく揺れ動いていた。

（本当に妊娠しているのかな？　もしそうだったとして、こんな状態の私たちに子どもを育てられる？）


結局、なんの覚悟も決まらぬままに病院で妊娠の検査を受けた。

優しそうな男性医師がにこやかな笑みで結果を告げる。

「うん、陽性反応が出てますね。エコーもしてみましょうか」

藤吾と結婚しろと言われたときと同じくらいの衝撃だった。驚きのあまり声も出ない。そういう行為があれば妊娠する可能性があるのは当然のこと、それは理解しているのだが、実際に自分のおなかに赤ちゃんが……となると信じられない気持ちだった。

（赤ちゃん。私と藤吾の子ども……）

うれしい。最初に湧きあがってきたのは、そんな素直な感情だった。ややこしい事情を一瞬忘れて、葵は喜びをかみ締める。藤吾との未来が見えていない、こんなときでも妊娠をうれしく思うのは生物としての本能なのだろうか。

〝産む〟以外の選択肢など、もう考えられなかった。

けれど、待合室で待つ藤吾の顔を見た瞬間、高揚していた葵の心はしぼんでしまった。

妊娠の事実を彼はどう思うだろう。この結婚の目的が達成できたと喜ぶのか、それとも――。怖くなって自然と足取りが重くなる。

（でも、藤吾がどう思っても、おなかの子は私が守る。この子は、藤吾をつなぎ止める目的や両家の絆のために生まれてくるわけじゃない。私が考えるべきことは、この

子の幸せだけだわ）

戻ってきた葵の姿に目を留めた彼が、すぐに駆け寄ってくる。

「どうだった？」

「うん……」

葵は視線を床へと落とす。隠すわけにも嘘をつくわけにもいかない。産婦人科の待合室の淡いピンクのカーペットを見つめたまま、小さく告げる。

「妊娠……してた。六週だって」

藤吾が息をのむのが伝わってくる。わずかな沈黙が永遠のように感じられ、葵はギュッとこぶしを握る。

「と、藤吾？」

おそるおそる彼を見あげる。と、次の瞬間、葵の身体はふわりと優しく抱き締められた。速まる彼の鼓動が、葵にも聞こえてくるようだ。

「――そうか」

いつも冷静な彼らしくない、感極まったように震える声だった。

「こんなふうに思う資格が俺にはないかもしれないが、でも、うれしいよ」

藤吾が子どもの存在を受け入れてくれたことに、まずは安堵してその場にへたり込みそうになった。

「おい、葵っ」

帰りの車内は互いにソワソワと落ち着かない様子で、ほとんど会話もなかった。葵は窓の外をなんとはなしに眺めている。いつもは気に留めることもなかった、『赤ちゃんがいます』のステッカーが今日はやけに目につく。

マンションの駐車場に着くと、藤吾は葵をお姫さま抱っこして、部屋まで運ぶ。

「あ、歩けるから！　大丈夫だよ」

そう訴えても、藤吾はおろしてくれない。

「大事な身体だ。危険にさらすようなことはできない」

「危険って部屋まで歩くだけだし……」

藤吾は葵を自分の部屋のベッドに横たえると、着替えやらタオルやらスポーツドリンクやらを運んでくる。あまりの過保護ぶりに葵は少しあきれてしまった。

「ゆうべより気分もいいから、そんなにしなくて大丈夫」

「ダメだ。無理して具合が悪くなったら、どうする？」

ベッドサイドの椅子に座り込んだ彼は、葵のそばを離れようとしない。

「俺のことは構わず、寝てろ」

そう言われてても、注がれる視線が気になって、どうにも落ち着かない。

「でも、眠いわけじゃ」

「なら、少し話をしてもいいか？」

藤吾はじっと葵を見つめ、静かな声で尋ねた。葵はこくりとうなずく。新しい命を授かったのだ。話し合うべきことはたくさんある。

だが、沈黙はなかなか破られず、短くない時間が過ぎた。先に口を開いたのは葵のほうだ。

「妊娠したから、この夫婦ごっこはおしまいだね。それはわかってる。でも、ごめん。約束をたがえることになるけれど……おなかの子は私に育てさせて」

「葵……」

泣き出しそうになるのをこらえて、上擦った声で続ける。

「家のためだけに子どもをって、やっぱりおかしいよ。私たちの結婚は最初からずっと間違えてた。この子は私ひとりでも立派に育ててみせるから。だから……」

藤吾は椅子から立ちあがり、床に膝をついて葵の顔をのぞく。深みのある黒い瞳に隠している本音を暴かれてしまいそうで……葵は逃げるように視線をそらした。

（言えない。本当はずっと、藤吾と一緒にいたいとは……）

「これでよかったのよ。藤吾と私が夫婦なんて、どう考えても無理があるもの。私は実家に帰るから――」

藤吾の大きな手が葵の言葉を遮る。切なげにゆがんだ顔で彼は声を絞り出す。

「それは、本当にお前の本心か？」

「もちろん。最初から子どもができたら、さよならだと言ってたじゃない」

葵はせわしなく瞬きを繰り返す。みっともなくすがるようなマネはしたくないのに、感情が昂って制御不能になりそうだ。

「……一緒に暮らして、俺を好きだと思う瞬間は一度もなかった？」

「あるわけないよ。藤吾なんか、口も態度も悪いし――」

大嫌い、そう言おうとしたのに言葉が出ない。どれだけ嘘を重ねても、自分の気持ちはごまかせない。

（好き。本当は藤吾が大好き）

藤吾は射貫くような目で葵を見つめ、低くささやく。

「嘘つくときに瞬きが増える癖、昔からだよな」

「藤――」

かみつくようなキスで唇を塞がれる。

「あっ、はぁ」

吐き出す息は熱く、甘い。見栄もプライドも、葵を守るための壁が音を立てて崩壊していく。残るのは無防備な恋心だけ。

「藤吾！　私、藤吾が……」

「好きだ。たとえ葵が俺を大嫌いでも、俺はずっとお前が好きだった」

深いキスの合間にささやかれた告白に、葵は戸惑う。その言葉の真意を知りたいと思うのに、彼は考える間も与えてくれない。

長い長いキスからようやく解放された葵は、困惑の瞳を彼に向ける。

「ずっと私をって、どういう意味？」

「言葉のとおりだ。全部、ちゃんと話す。説明させてくれ」

葵は少し身体を起こし、ヘッドボードに背中を預けた状態で藤吾の話に耳を傾けた。

彼の口から紡がれる物語は葵の知っているものとはまったくの別物で、疑問が解けるどころか、謎はかえって深まるようだった。

「最初から結婚する気はなかったって……本当に？　藤吾は撫子を好きなんだと思っていたのに」

藤吾は天井を見あげるような仕草で細く息を吐く。

「俺が好きなのは葵だけだ。もちろん撫子もそれは知ってた」

藤吾が自分を好きだったなど、にわかには信じられない。おなかの子のためを思った優しい嘘なのではと、どこかで疑ってしまう。

だが、わからないのはそれだけではない。

「それから、私が藤吾との縁談を断ったっていうのは？　私はそんな話、一度も聞いてない」

これには藤吾もひどく驚いた様子で目を瞬いている。

「撫子が葵は断固拒否だったたって……じゃあ撫子の嘘か？」

「なんで撫子がそんな嘘をつくのよ？」

たしかに、あの時点でそんな話をされても葵は断固拒否していただろう。まだ藤吾への恋心をこれっぽっちも自覚していなかったから。だけど、勝手に返事をされていた事実は見すごせない。

撫子がなにを考え、どうして逃げたのか、葵にはさっぱり理解できない。おそらく、藤吾の知っている真実はほんの一部だ。撫子はまだ大きな秘密を抱えている。

藤吾はなにかを思案する顔になって、ゆっくりと言った。

「本物の婚約者だったわけでもない俺が首を突っ込むより、撫子のことは本庄のご両親に任せたほうがいいかと思っていたんだが……やっぱりなんとかして撫子と話をしてみる。葵は今は身体を一番に考えてくれ」

海外でもどこでも、今すぐ撫子のもとへ飛んでいきたい気持ちはあるが、おなかの子のことを思うとそれはできない。もどかしいけれど、葵はおとなしくうなずいた。

藤吾は真剣な目をして、葵に頭をさげる。

「悪かった。きちんと話すべきだったのに、それをしなかったせいで葵を傷つけた」

「どうしてもっと早く教えてくれなかったの？」

葵の声には若干の非難がにじむ。彼は苦悩に顔をゆがませ、感情を吐き出す。

「誰にも話さないと、撫子と約束したから。撫子の逃亡は俺にも想定外だったけど……お前を手に入れられる最後のチャンスだと思ってしまった」

藤吾はそっと目を伏せる。長い睫毛が小刻みに震えていた。

「許されない、最低な行動だと自覚もしてる」

いっさいの言い訳をしない潔さが彼らしくて、フッと肩の力が抜ける。

「卑怯なのは私も同じだよ。身代わり花嫁からいつか本物になれるんじゃないかって期待して……心のどこかで、このまま撫子が戻ってこなければとさえ思ってた」

葵は藤吾の頬にそっと手を伸ばす。触れるだけで、心がどうしようもなくかき乱された。

「藤吾が好きなの。撫子と婚約するって聞いたとき、やっとそれに気がついた」

「葵……」

藤吾は葵の頬に優しく唇を寄せる。

「ここから、もう一度夫婦になろう。葵とおなかの子を必ず幸せにするから。頼むから……離れていくな」

「うん。私も藤吾とこの子と家族になりたい」

藤吾と一緒に必ずおなかの子を幸せにしようと葵は心に誓った。

だけど、小さな火種は心の奥底でずっとくすぶり続けていた。

『撫子は本当に藤吾と結婚する気がなかったの?』

『藤吾のなかに撫子への気持ちがないと確信できる?』

もうひとりの自分がささやくたびに、葵は必死で耳を塞いだ。

月日は流れ九月下旬。

厳しい残暑もようやく影をひそめ、風に秋の匂いを感じるようになった。

妊娠五か月に入った葵は、つらかったつわりも落ち着き、穏やかな日々を過ごしていた。膨らみのわかるようになってきたおなかに手を当て、にこやかな笑みを浮かべる。

「今夜はカレーだよ」

大きな鍋で煮込むカレーの匂いも『おいしそう』と感じられる。つい数週間前までは、炊き立てのご飯の匂いすら気持ち悪かったことを思うと、こうして料理が作れることが本当にうれしい。

「うん、ばっちり」

味見をして出来栄えに満足したところで、藤吾が帰宅した。妊娠発覚以来、藤吾の帰宅時間はずいぶん早くなった。比較的つわりが重かったこともあって、ものすごく心配をかけてしまったのだろう。

「おかえりなさい！　今夜は藤吾の好きなカレーにしたよ」

そう言い終えるよりも早く、彼がギュッと葵の身体を抱き締めた。頬ずりするように顔を寄せ、艶っぽい声でささやく。

「ただいま。会いたかった」

「えっ、う、うん……」

葵の頬がみるみるうちに赤く染まる。このところの彼は、喧嘩ばかりだった頃とは別人のように甘く、葵を翻弄するばかりだ。コツンと額をぶつけて、いたずらな瞳で藤吾は続ける。

「葵は？　会いたかったって言ってくれないのか」

「だって、今朝も会ったし」

長く離れていたわけでもなんでもない。いつもどおり、互いに仕事に行っただけなのだ。

「俺は片時だって葵と離れたくないけど」

背中に回った藤吾の腕に力が入る。ドクンドクンと鼓動が大きく暴れ出す。

（うれしいけど……いまだにこの藤吾には慣れないわ）

愛されることが当たり前になってしまうのが、恐ろしかった。こんなにも溺れきって、今後もし彼を失うことになったら、きっと立ちあがれなくなる。葵は上目遣いに藤吾を見て、つぶやいた。

「藤吾がこんなふうになるのは、予想外すぎて」

藤吾は目を細め、感慨深そうにほほ笑む。

「俺はずっと、こんなふうに葵を愛したいと思ってた。それがやっと叶った」

端正な顔がゆっくりと近づく。唇が触れ合う寸前で、ふいに彼は動きを止めた。

「今の俺は嫌いか？　葵が嫌がるなら、しない」

真剣な顔でそんなことを言う。葵は唇をとがらせてぼやいた。

「ずるい。――嫌いなわけないって、知ってるくせに」

幸せそうな藤吾の笑みに、胸が切なく締めつけられる。

（どうしよう。どんどん藤吾を好きになる）

「なんだか怖いの。幸せすぎて、いつか覚めちゃう夢みたいで」

「夢じゃないだろ。ほら、ちゃんと確かめてみろよ」

柔らかな唇が重なる。

「んっ」

優しいキスから、藤吾の気持ちが染み入るように伝わってくる。名残を惜しむように、ゆっくりと唇が離れていく。

「俺がどれだけお前を愛してるか、いいかげんに理解しろよ」

彼の口元が柔らかな弧を描く。葵は小さくうなずいた。

「うん」

藤吾はもう一度、葵の身体を胸に深く抱きすくめる。

「永遠に離さない。葵とおなかの子は俺の手で幸せにする」

(信じて大丈夫……よね。私は藤吾と幸せになるんだ)

葵はそっと目を閉じ、藤吾の胸にその身を委ねた。頼もしくて、温かくて、言い表せないほどの幸福感に包まれた。


「うまい!」

がんばって作った料理を、藤吾がおいしそうに食べてくれる。それだけで胸がいっぱいになり、おなかまで満たされたような気分になる。スプーンを運ぶ手の止まっている葵を見て、藤吾は心配そうに眉根を寄せた。

「まだ、つわりがきついか? なにか食べやすいものを買ってこようか?」

「ううん、違うの」

笑って首を横に振る。

「藤吾がおいしいって言ってくれるのがうれしくて。特別料理好きじゃなかったのに、最近はすごく楽しい!」

葵はふんわりと、花がほころぶような笑顔を見せる。ごく普通の会話のつもりだったのに、藤吾はひどく驚いた様子で目をパチパチと瞬いた。

「え、私、なにか変なこと言った？」

顔をのぞき込むと、藤吾はふいっと照れたように顔を背ける。彼の耳がほんのり赤く染まっている。

「――葵が俺を好き、みたいな発言をするのがくすぐったい。いまだに信じられなくて」

「そ、それはこっちの台詞だからっ」

ふたりそろって、真っ赤な顔で無言になる。流れる空気の甘酸っぱさに、いたたまれない気持ちになる。

（自分は『愛してる』とか平気で言うくせに……）

藤吾は葵から向けられる好意にはひどく無防備で、少年のような反応を見せる。気恥ずかしくもあるが、葵はそれがうれしかった。

上目遣いに彼を見つめ、小さく、でもきっぱりと言う。

「好きだよ。藤吾が……大好き」

藤吾は口元を手で覆って、なにかをこらえているようだ。けれど、グッとさがった目尻に彼の喜びがあふれていて、葵の心も温かくなる。

「そうだ、藤吾。明日はお休みでしょう？　一緒にベビーグッズを探しに行かない？」

まだ気が早いかもしれないが、こういう楽しみを励みに、体調の優れない妊娠初期をなんとかのりきったのだ。藤吾にもそれは伝わったようで、彼は大きくうなずく。

「あぁ。葵の食べたいものを食べて、好きな店に行こう」

「うん！　久しぶりのデートだね」

ワクワクする葵の顔をじっと見て、藤吾はぼやく。

「また、そんなかわいい顔で俺を煽る……」


翌朝。葵は寝室のベッドの上にいくつかの洋服を並べ、頭を悩ませていた。

（う～ん、秋らしいニットワンピースを着たいけど、昼間は暑くなるかなぁ）

おなかが急に大きくなってきたこともあって、洋服選びが難しくなった。それに、藤吾との久しぶりのデートだ。かわいいと思ってもらえる服を着たい。自然とそんなふうに考えていることに、自分でも驚く。

（私でもこんなに素直になれる、恋って偉大だな）

結婚式も終え、すでに子どももできていて、今さら〝恋〟なんておかしいかもしれないけれど、葵と藤吾は気持ちが通じ合ったばかり。恋愛初期のドキドキを存分に満喫しているところだった。

「準備できたか？」

扉が開いて、藤吾が顔をのぞかせる。

「ご、ごめん、まだ……」

申し訳なさそうな顔で葵は振り返る。藤吾はこちらに近づきながら、聞いた。

「別に急ぐ必要はないが、着ていく服に迷ってるのか？」

「うん。藤吾はどっちが好き？」

右手にオフホワイトのニットワンピース、左手にはベージュのシャツワンピースを持って、彼の答えを待つ。

「ニットは色っぽくていいな。ベージュのやつは凛とした雰囲気が葵に似合う」

「うん。で、どっちが好みなの？」

真剣な表情で詰め寄るが、藤吾はするりと葵の背後に回り、背中をそっと抱き締めた。耳元に顔を寄せ、甘い声でささやく。

「どっちでも。葵はなにを着てもかわいいし」

かぁっと赤く染まった耳に舌を這わせながら、藤吾は続ける。

「しいていえば、なにも着てないときが一番かな」

艶っぽい声音と耳から首筋へと降り注ぐキスに、背中がゾクゾクと震えた。うつむき、消え入りそうな声で訴える。

「――か、からかわないでよ」

「本気だよ」

葵の頬に手を添え、藤吾はそのままグッと自分のほうを向かせる。彼の手が葵の細く柔らかな髪を払う。唇がおりてくるのを確信して、葵はそっと目を閉じた。藤吾のキスはいつだって、葵を恍惚《こうこつ》とさせる。頭が真っ白になって、膝から崩れ落ちそうになってしまう。

長いキスから解放された葵は、酸素を求めて深く息を吸う。目の前でいたずらに瞳を輝かせている彼を、やや恨みがましい目で見やる。

「あ、朝からおかしな空気出さないでってば」

藤吾はまっすぐに葵を見つめ、真顔で答える。

「俺は朝でも昼でも関係なく、いつでも葵にキスしたいと思ってる」

「と、藤吾！」

からかっているのか、本気なのか、どっちにしても質《たち》が悪い。ニヤリと笑って、彼は続ける。

「この先は必死に我慢してるんだ。キスくらい許せ」

当然の権利だと言わんばかりの態度で、彼はもう一度、しっとりとぬれた葵の唇を奪う。

家を出るのに手間取ったせいで、目的の百貨店に到着したのは昼過ぎだった。

高い空は青く澄み渡っていて、気持ちのいい秋晴れだ。迷ったすえに、葵はオフホワイトのニットワンピースにショートブーツを合わせた。心配したとおり、少し暑かったけれど、藤吾が褒めてくれたので満足している。彼のほうは、白のコットンニットにブラウンのパンツ。白のニットがおそろいみたいで、うれしい。

（なにを着ても似合うのは、藤吾のほうだよね）

上品で端正な顔立ちに、均整の取れたスタイル。どんなファッションも嫌みなく着こなしてしまう。

今日も、道ゆく女性たちの視線を一身に集めていた。

「まずはなにを見るんだ？」

「えっとね、ベビーカーとチャイルドシートかな。大きいものから決めたくて」

「了解」

藤吾は葵をエスコートするように、入口の扉を開ける。

生まれてくる子どものことを考えながらのベビーグッズ選びはとても楽しかった。数えきれないほどの種類が並ぶベビーカーを眺めながら、ふたりはあれこれと話をする。

「こっちはデコボコ道でも操作しやすいんだって。でも、重すぎるかな～」

「俺がいるときはいいけど、葵ひとりのときはきついかもな」

葵は育児休暇を取得できるが、藤吾のほうはきっと取れても数週間だ。葵と子どもがふたりきりで出かける機会は多くなるだろう。

「じゃあ、こっちかな」

葵は国産ブランドのコンパクトなベビーカーに目を向ける。デザインや色合いもシンプルで葵好みだった。

「このストライプ柄、オシャレで素敵。男の子でも女の子でも大丈夫そうだし」

「性別はいつ頃わかるんだ？」

「個人差があるけど、妊娠五か月か六か月にはわかることが多いみたい。私も五か月に入ったから、きっとそろそろだね」

葵の答えに藤吾は目を細める。

「そうか。楽しみだな」

そっとおなかを撫でる彼の手が優しくて、葵の頬も自然と緩む。

「……藤吾はどっちが希望？」

「どっちでもうれしいし、かわいいに決まってるだろ」

「そうだよね」

藤吾はどんな父親になるのだろう、想像するだけでワクワクした。

それから、チャイルドシートもチェックして、マタニティウェアと、気の早いことにかわいいベビー服もいくつか購入し、ふたりは百貨店を出た。

途中でお茶もしたので、もう夕方になっていた。

「お夕食はどうしようか？　簡単なものでよければ帰って作るけど、外で済ませる？」

葵が聞くと、藤吾はややためらいがちに口を開く。

「体調は問題ないんだよな？」

「うん。食欲がありすぎて困ってるくらいだよ」

体重が増えすぎるのも出産に向けてはよくないらしく、かかりつけの産婦人科医から口酸っぱく指導されていた。

「実は、レストランを予約してあるんだ」

藤吾が口にした店は、外資系の高級ホテルに入っている創作和食の名店だった。

「わぁ～、行ってみたかったお店だ」

素直に喜ぶと、藤吾はうれしそうに目を細めて続けた。

「ホテルの部屋も取ってある。明日も休みだし、たまにはデートらしいことをするのもいいだろう」

喜びより先に驚きがきた。

「いつの間に、そんなことしてくれたの？」

今日のデートに誘ったのは葵のほうだ。いつこんな準備をしたのだろう。

「ゆうべのうちに予約を済ませた。俺たちの子どものためにがんばってくれた葵になにか返したくて」

「がんばったって……つわりのこと？」

「あぁ。代わってやれたらって何度も思ったけど、それはできないし。こんなのが礼になるのかわからないけど」

葵の目尻にほんのり涙がにじむ。高級なレストランやホテルがなくても、藤吾とのデートはどこだって楽しいし……葵を喜ばせようとしてくれる彼の気持ちがなによりのプレゼントに思えた。

「ありがとう！　すっごくうれしい」

藤吾が優しいと、葵も素直になれる。こんなふうにして、いつまでも幸せな日々を歩んでいけたら……そう願わずにはいられない。

最上階のスイートルームはまるで別世界のようで、葵は思わず息をのむ。

パーティーが開けそうなほど広々としたリビングルームに上質な革張りのソファセット。さりげなく香るアロマもラグジュアリーな気分を高めてくれる。なにより、大きなガラス窓の外に広がる夜景の美しさは言葉にならないほどだ。どちらかといえば、雑多で落ち着きなく感じる東京の街も、こうしてはるか上空から見おろすと、楽園のように美しいのだから不思議なものだ。

「すごい……こんなに素敵なホテルに泊まれるなんて！」

星屑《くず》のようなきらめきを見つめ、はしゃいだ声をあげる。結婚式の夜に泊まった部屋もここに負けないくらい豪華だったのだが、残念ながらあの夜はゆっくり楽しむ余裕がなかった。

「気に入ったか？」

「うん！」

藤吾に背中を抱かれる。気恥ずかしくて、でも幸せで……いつの間にか、彼のぬくもりが自分にとって欠かせないものになっていることをあらためて実感する。

軽く振り返ると、目の前に藤吾の熱っぽい瞳が迫っていた。

「藤――ふっ」

柔らかな唇が触れ、ついばむようなキスが繰り返される。

「甘いな」

「え？」

大きな手が葵の頬を優しく撫でる。クスリといたずらな笑みを浮かべて、彼は言う。

「葵の唇は甘くて、癖になる。もうこれなしには生きられない」

彼の手が葵の後頭部に回り、グッと引き寄せられる。もう一度唇が重なる、とすぐに、熱い舌が差し入れられ口内を暴れ回った。息もつけない激しさに、葵は身悶えた。

藤吾はガラス窓に葵を追いつめ、逃げ道を塞ぐ。

「待っ、苦し」

「無理、待てない」

むさぼるようなキスはどんどん深くなっていき、彼の手が葵の腰を撫で回す。身体の芯に火がともるような感覚に、葵はうろたえる。

「もっ、ダメ。ストップ！」

語気を強めて、上目遣いに藤吾をにらむ。彼はニヤリとうれしそうに笑んだ。

「どうしてだ？」

羞恥に頬を染めながら、消え入りそうな声で訴える。

「だって……これ以上したら、止められなくなっちゃう」

藤吾の目が柔らかな弧を描いて細められる。コツンと額をぶつけて、彼は甘くささやいた。

「止まらなくなる葵……見たいけどな」

慌てふためく彼女の頭を軽く叩いて、藤吾はスッと身体を離した。

「わかってるよ。今は葵の身体とおなかの子が一番大事だ」

葵がホッとした顔を見せると、藤吾は少し拗《す》ねたような口調でぼやく。

「けど、ずっと紳士でいられるかはわからないから……お前も煽るのやめろ」

「なっ、煽ってなんかいないから！」

心外だというように叫ぶ。

「……葵はいるだけで俺を刺激するんだよ」

「なによ、それ」

葵の顔は真っ赤になっていたが、ふいと顔を背けた彼の耳もほんのり染まって見えた。

「ルームサービスでも取るか？」

照れ隠しで話題を変えようとしているのか、藤吾はリビングルームのソファに腰かけると、テーブルの上に置かれたホテルのサービスメニューを開く。

自分の隣をポンポンと叩き、葵にも座るよう促した。差し出されたメニューを受け取りながら、葵は答える。

「う、うん。私はお酒が飲めないけど、藤吾は遠慮せずに飲んでね」

「俺もやめとくよ。ノンアルコールのものでなにか注文しよう」

ふたりともお酒は好きなほうだ。妊婦なので飲めない葵に気を使っているのだろう。だが、出産予定日はまだまだ先だし、産後も授乳期間中はアルコールＮＧのはずだ。

「そんなに気を使わなくて大丈夫よ。先は長いんだし」

苦笑混じりにそう言うと、彼は真面目な顔になって葵の頭を優しく撫でた。

「違う。気を使ってるとかじゃなくて、楽しみは葵と共有したい。ひとりじゃ意味ないんだ」

温かい言葉に胸がキュンと高鳴る。初めての妊娠、自分の体内に別の命があること、どんどん変わっていく身体……不安は尽きないが、藤吾が一緒にのりこえようという姿勢でいてくれることは、なによりの力となる。

「ありがとう！　藤吾のおかげでマタニティライフも楽しいよ」

素直な気持ちを彼に伝える。藤吾を好きだという思いが、全身からあふれ出る。

藤吾はまぶしそうに目を細めて、そんな彼女の笑顔を見つめた。

「……やっぱり、どう考えても誘ってるだろ」

「え？」

目をパチパチさせる葵に、藤吾はクシャクシャと髪をかき混ぜながら小さくため息をつく。

「最近の葵はかわいすぎて、我慢し続ける自信がないな」

艶めいた、熱をはらんだ視線から逃れるように、葵は慌てて立ちあがる。

「ルームサービス頼むね！　せっかくだから、おつまみも」

「あぁ」

（どうしよう……藤吾が優しいし、かっこいいし。どうしていいのかわからない！）

オロオロしながらルームサービスを頼み終えて、彼の隣に戻る。

「葵」

「ひゃあ」

肩を叩かれただけで、過剰に反応してしまう。藤吾がちょっと傷ついたような表情になったのを見て、急いで弁解の言葉を口にする。

「違うよ。びっくりしただけ！　深い意味はないからね」

軽く肩をすくめて、藤吾はフッとほほ笑んだ。

「さっきのは冗談。無事に出産するまでは自制するよ」

両手をあげて、彼は降参のポーズを作る。

「うん……」

部屋に届けられたノンアルコールのカクテルで乾杯し、ちょうどテレビで流れていた洋画を観る。謎のウイルスで人間が次々とゾンビに変わってしまうという、よくある設定だったが、おしゃべりしながら気軽に観るにはちょうどいい。

アップで映った主人公の父親役の俳優の顔に、葵は「あっ」と声をあげる。

「誰だっけ、この俳優さん。昔大好きだった映画に出てたんだけど……」

「アーク・ウィアーだろ。初主演の映画でブレイクしたとき、かっこいいって大騒ぎしてたくせに……名前くらい覚えててやれよ」

「そうそう、アークさまだ！　すっきりした～」

中等部にあがったばかりの頃だったろうか。彼が主演した恋愛映画が〝映画史上、一番泣ける〟との謳い文句で日本でも大ヒットした。彼の麗しい美貌に、葵も周りの女の子たちも虜《とりこ》になった。最近はあまり見かけなくなっていたが、年を重ねた現在の姿にも王子さまの面影が残っている。

「渋くなって、今もかっこいいね」

「名前も忘れてたような、にわかファンに言われてもな～」

藤吾に茶化され、葵はぷぅと頬を膨らませる。

「外国人の名前って覚えにくいんだもん。それに、私は藤吾みたいに記憶力よくないし」

彼の記憶力は驚異的だ。司法試験を一発合格しているのだから、当然といえば当然なのだが……葵の過去を葵以上によく覚えていて驚くことも多い。

「人間の記憶容量に大差はないよ。俺は重要なことと、そうでないことを切り分けてるだけだ」

「え～、私と藤吾のは絶対同じじゃないと思うわ」

彼は柔らかく笑むと、視線をテレビ画面に戻した。

なんの気なしに観はじめた映画だったが、意外とおもしろく、ふたりとも後半は集中して見入っていた。

映画が終わると、藤吾が言う。

「風呂入ってきたら?」

「ありがとう。でも、藤吾がお先にどうぞ。私は長風呂だから」

ソファから立ちあがり、空いたグラスを片づけようとすると、背中がふわりと温かくなった。グラスを持つ葵の手に藤吾の手が重なる。

藤吾は葵を背後から包み込み、耳打ちする。

「じゃ、一緒に入るか」

カチンと硬直してしまった彼女の背中に、藤吾は忍び笑いを漏らす。

「冗談だって。別にゆっくりでいいから先に入れよ」

優しく告げて、葵の身体を解放する。

遠ざかってしまった彼のぬくもりを恋しがるように、胸が切なく疼いた。ゆっくりと振り返り、出た言葉は生のままの素直な気持ち。

「あのっ、一緒に入りたいって言ったら……引く?」

言ってみたものの、急に恥ずかしくなって身を縮こめる。

目を見開いた藤吾がごくりと喉を鳴らした。葵はそっと手を伸ばし、彼の指先をキュッとつかむ。

「スキンシップを我慢してるのは、藤吾だけじゃないよ?」

本当は葵だって、藤吾に触れてほしいと思っている。同じ気持ちでいることを伝えたくて、不器用に言葉を紡いだ。

「藤吾?」

返事がないことを不安に思い、上目遣いに藤吾を見あげる。正直に伝えすぎて、引かれてしまったのだろうか。だが、次の瞬間、がばりと彼が覆いかぶさってきた。あまりの勢いに葵は思わずよろめく。背骨がきしむほど強く抱きすくめられて、息もできない。

「煽るなって言っただろうが」

湯気の立ち込めるバスルームで、艶めいた吐息が重なり合う。モコモコの泡に覆われた広いバスタブにふたりは身体を沈めている。

「んっ、あぅ」

背後から葵を抱くように座っている藤吾の手が、彼女の身体をもてあそぶ。脇腹から這いあがってきた指先が乳房の形を自在に変える。桃色の頂をかすめ、焦らすように周囲を何度も往復する。

「んん、藤吾っ」

湯の熱さのせいか、彼の発する熱情のせいか……頭にモヤがかかって、なにも考えられなくなりそうだ。とろけきった瞳で彼を振り返る。

ぬれてオールバックになった髪と、そこから頬を伝う滴《しずく》。いつも以上に彼の色気が増して見えて、胸がバクバクとうるさくなる。

「なに、キスしてほしい？」

ニヤリと細められた目も、しっとりとした声音も、彼のすべてが葵の身体を熱くする。カッと頬を染め、プルプルと首を横に振る。

「ち、違うからっ」

「そんなエロい顔で言われても、説得力ない」

「あっ――」

かみつくようなキスで反論を封じられる。上顎をなぞる舌の感触に、肌がゾクリと粟立った。混ざり合う唾液がまるで媚薬のように、ふたりの熱を高めていく。

「もっ、さっき自制するって言ったくせに」

ようやく解放された唇をとがらせて、彼を軽くにらむが、藤吾にはちっともきいていない。彼は平然と返す。

「葵が誘わなきゃ、ちゃんと自制できてたよ」

「でも……あっ」

白い首筋をきつく吸いあげながら、藤吾の指先は甘い果実をつまむ。押しつぶすように撫で回されて、抗議の言葉は淫らな喘ぎに変わる。

「ふっ、ああっ」

甘く啼く葵の姿を満足そうに見つめて、彼は言った。

「最後まではしないから、心配するな」

「そ、そういう問題じゃあ」

「もういいから、黙っとけ」

またしても唇を塞がれてしまって、結局は彼のなすがままだ。


ソファでのぼせた身体をクールダウンしていると、藤吾が水を持ってきてくれた。

「大丈夫か？」

からかうような瞳から目をそらしつつ、グラスを受け取る。

「もう。誰のせいよっ」

「一緒に入りたいと言ったのはそっちだろ」

「そうだけど……」

バスローブに身を包んだ自身の身体に視線を落とす。開いた胸元に、藤吾の残した赤い所有印が浮かんでいる。ここだけではない、全身にくっきりと彼の痕跡が残されている。

思い出すだけで、また顔が熱くなる。冷たい水を飲み干して、なんとか頭と身体を冷まそうとする。

「身体が平気なら、少し話をしていいか？」

隣に腰をおろしながら、真剣な口調で藤吾は言う。真面目な話なのだろうと、葵も表情を引き締めてうなずいた。

「うん。なに？」

「撫子のことだ」

このタイミングで彼女の名が出るとは思っておらず、葵は目を見開く。

「連絡がついたの？」

勢い込んで聞くと、彼は渋い顔で首を横に振った。肩を落とす葵を慰めるように藤吾は続ける。

「同僚だという男性とは話せた。彼の話だとローマで元気にやってはいるみたいだ。

けど、俺と話をする気はないとばっさりだった」

撫子の様子は聞けたけれど、電話はつないでもらえなかったということらしい。

「そっかぁ」

ある程度、予想していたことではあった。父親である敦之もまったく同じ対応をされていたからだ。

（でも、藤吾になら撫子も正直に話してくれるかもって……期待していたんだけど）

けれど、心の奥底で安堵したのもまた事実だ。ふたりが直接話をすることを恐れているのかもしれない。

理由はどうあれ、撫子と藤吾は婚約していたのだ。どちらか、あるいは両方が『やっぱりもう一度』と思う可能性を葵は否定しきれない。

（こんなに大切にしてくれる藤吾を疑って、撫子を心配していると口では言いながら連絡がつかないことにホッとしている。最低だな、私）

うつむき、唇をかむ。自分のことを本気で嫌いになりそうだ。

「葵？」

心配そうにのぞき込んでくる藤吾の顔を直視できない。胸がキリキリと痛んで、言葉が出ない。

彼の隣が幸せであればあるほど、どこかで居心地の悪さを感じていた。本当にここにいるべきなのは誰だろうと考えてしまう。

藤吾の手を離したのは撫子だ。そう言い聞かせてみても、足元に落ちる暗い影を消し去ることはできない。

葵の思いつめた表情を、藤吾は自分の力不足のせいと感じたらしい。無念そうな顔で頭をさげる。

「なんとかするって約束したのに、時間がかかっていて悪い。けど、諦めるつもりはないから。撫子から話が聞けるまで、何度でも連絡してみるよ」

ゆるゆると首を横に振りながら、葵は答える。

「藤吾のせいじゃないよ。それに……もしかしたら今はそっとしておくほうがいいのかもしれない。撫子が自分から話す気になるまで待っていても」

なにかを思案するように、彼は視線を斜め上に向ける。

「撫子はこういうときに放っておいてほしいタイプだろうか。……いや、たしかに追いつめすぎるのはよくないかもな」

彼が真剣に撫子を心配していることが伝わってくる。それが余計に、葵の罪悪感を刺激する。

（そっとしておいたほうがいい……それは本当に撫子のため？）

『私が帰ってこないほうが好都合だからでしょう』

ゾッとするほど冷たい撫子の声が耳元で聞こえた気がした。

彼女はこんな嫌みな物言いをする人ではない。葵が勝手に作りあげた妄想だ。けれど、わかっていても、忍び寄る影にのみ込まれそうになる。

「とにかく、葵はなにも心配せず身体を大事にしろよ」

頬を撫でる優しい手、温かい眼差し……これらを受け取る権利が自分にあるのか。考えまいとしていた疑念がまた頭をもたげてくる。

（藤吾が本当に好きな人は……誰？）

ずっと自分を好きだったと言ってくれたことは、優しい嘘なのではないか。

葵自身はたとえそうでも構わないと思っている。過去の彼が撫子を愛していたとしても、今の藤吾が自分と歩んでくれるというなら十分すぎるほどだ。

優しい嘘がいつか真実に変わる日を待つ覚悟もある。だが――。

（藤吾はそれでいいの？　撫子は？）

暗くなってしまったムードを変えようとしたのか、藤吾は唐突に話題を変えた。

「なぁ、葵。子どもが生まれたら、なにをしたい？」

彼の気遣いに応えようと、モヤモヤをどうにか抑えて葵は笑顔を作る。

「そうだなぁ。憧れてたのはね、子どもを真ん中に三人で手をつないで動物園に行くことかな」

「いいな。動物園は歩けるようになってからかな？」

優しい笑顔が、葵の胸を締めつける。

「ＳＮＳとか見てると、ベビーカーで行ってる人もいるよ」

「じゃあ、外出できるようになったら三人で行こう」

藤吾の言葉に小さくうなずく。

（三人で……きっと楽しいだろうな）

「藤吾はどんなパパになるのかな～。意外とうちのお父さん並みに過保護になったりして……」

「どこも意外じゃないよ。葵の子なら絶対溺愛するって、前にも言っただろう」

藤吾は当然と言わんばかりの顔をした。

「あんまり口うるさくすると、嫌われちゃうから」

クスクスと笑いながら葵は彼を見る。

「藤吾は？　子どもが生まれたら、一番になにをしたい？」

腕を組み、真剣な顔で彼は考え込む。

「そうだなぁ。子どもとしたいこともたくさんあるけど、一番は……」

言いながら、藤吾はくいと葵の顎をすくう。

「葵を堪能したい、かな？」

色気たっぷりの低音でささやかれ、葵の顔は真っ赤に染まる。

「そ、それは……どういう意味で……」

藤吾は悪びれずにきっぱりと言う。

「愛する女を抱きたいと思うのは当たり前のことだろ？　俺がいつだって葵に触れたいと思ってることは、知っておいて」

「うん。――藤吾もね」

「ん？」

「言ったでしょ。私も同じ気持ちだから」

照れながら伝えると、彼は白い歯を見せてうれしそうに笑った。

（ずっと藤吾のそばにいたい。笑い合って、抱き合って、いつまでも――）

その夜は、藤吾の温かい胸に抱かれて眠ったのに……いつもより彼を遠く感じた。

妙な夢も見た。場所は動物園で、歩けるようになったばかりの小さな子どもが藤吾と手をつないでいる。その子のもう一方の手は、母親と思われる女性とつながれているのだけれど……彼女の顔だけが、どうしても見えないのだ。

（私じゃない。藤吾がとろけるような眼差しを注いでいる、あの女性は誰？）

七章　身代わり花嫁の決意

日曜日の昼さがり。今日、藤吾は仕事が入っていて、葵はひとりで実家を訪れていた。妊娠報告に帰ったとき以来だから、わりと久しぶりだ。

「ただいま」

あいさつをして、玄関を開ける。

家には匂いがある。なんの匂いだとはっきり言い表すことはできないが、よそのお宅を訪ねると、自分の家とは空気が違うことがよくわかる。

（あぁ、実家の匂いだわ）

ここに住んでいたときにはわからなかった本庄家の空気に気がつくようになった。それは、この場所が〝自分の家〟ではなくなったことの証でもある。葵の身体はすっかり、藤吾と暮らすマンションを自分の居場所だと認識するようになったのだ。

そんなふうに思いながら、靴を脱ぎ家にあがる。

二か月前に妊娠を告げたとき、家族には正直に自分の気持ちを打ち明けていた。

『和樹おじさまには本当に申し訳ないけれど、この子は東雲家のために産むわけじゃない。将来どんな道を選ぶかは、本人の意思を尊重したいと思っているから』

千香子は厳しい表情だったけれど、両親は笑って受け入れてくれた。

『和樹くんは優秀だから。この先は実力でのしあがっていけるさ』

『そうね。まずは無事に出産を迎えることが大事よ』

千香子はなにも言わなかった。

(おばあちゃまのあの顔は……やっぱり怒ってたわよね)

でも、千香子にどんなに叱責されても、これだけは譲る気はない。

「おかえり、葵。元気そうじゃない」

エプロン姿の母親、美里がパタパタと駆けてきて出迎えてくれる。

「うん、おかげさまで。もう夕食の支度？　早いね」

台所から煮物のような甘い匂いが漂ってきていた。美里は、服を着ていてもわかるようになった葵のおなかの膨らみに優しい笑顔を向ける。

「葵の好物をたくさん作ったわよ。栄養つけないとね！」

「やった～。楽しみ！」

今夜は夕食をごちそうになってから帰る予定でいた。

「お父さんとおばあちゃまは？」

「お父さんは外出中よ。おばあちゃまは自分のお部屋じゃないかしら？　あいさつしてきなさい」

「うん」

（おばあちゃまと顔を合わせるのはちょっと怖いけど……）

ビクビクしながら一階の奥にある千香子の部屋に向かう。襖《ふすま》に手をかけたところで、なかから声が漏れ聞こえてきた。

「……そろそろ……妊娠も……」

千香子の声だ。客が来ている様子はなかったから、電話だろうか。

（妊娠？　お友達に私の話でもしているのかな？）

なんとなく気にかかったが、盗み聞きは褒められたものではない。時間を置いてからまた来ようと葵は踵を返した。台所をのぞき、美里の背中に声をかける。

「おばあちゃま、誰かと電話中みたいだからまたあとにするね。とりあえず、部屋の整理に取りかかるわ」

今日の帰省の目的は自室の整理整頓だ。出産前後は実家で過ごすことに決めたので、赤ちゃんとの生活を想定して部屋を整えておきたいと思ったのだ。

「料理を終えたら、私も手伝うわ。重いものとか持っちゃダメよ」

美里は昔から娘たちに甘い、優しすぎる母親だった。千香子がとにかく厳しかったから、いいバランスだったのかもしれない。

すぐに料理を終えた美里が二階の葵の部屋まで来てくれた。

「おばあちゃま、たった今、出かけてしまったわ。葵によろしくだって」

「え、そうなの？　顔も見られなかったな」

「もうすぐ生徒さんの発表会があるから、忙しいみたい」

日本舞踊の師範として、千香子にはたくさんの教え子がいる。

「発表会が終わった頃にまた顔を出してね。さ、始めましょうか」

美里の言葉を合図にふたりは大仕事に取りかかる。決して散らかし放題にしていたわけではないけれど、二十七年間も暮らしていたから不要なものも多い。

「懐かしいものがいっぱい出てきちゃって、なかなか進まないわねぇ」

美里の言葉どおり、ひとつ片づけようとするたびに思い出話に花が咲いてしまい、いっこうに作業がはかどらない。美里は子ども時代の葵と撫子の写真に目を細めながら、ためらいがちに口を開く。

「ごめんね、葵。家の都合で、ずいぶんあなたを振り回してしまったわね。藤吾くんとはどう？」

「大丈夫。気心も知れてるし、楽しくやってるから」

ここで正直に自分は彼が好きなのだと伝えれば、美里は安心するだろうけど……気恥ずかしくてどうにも言えない。

「まぁ、そうね。藤吾くんなら私も安心だわ」

「うん」

「あなたたち、仲が悪いように見えて実はそうでもなかったしね」

いたずらっぽい美里の笑みに、葵はドキリとした。彼女は、葵自身も気がついていなかった恋心に勘づいていたのかも……そんな気がした。

しばらくはふたりで黙々と荷物を片づけ続けた。

「そうそう、赤ちゃんが自由に動くようになったら、充電器なんかは届かない位置に移すようにね」

「充電器？」

「赤ちゃんってなんでも舐めちゃうのよ。危ないでしょう」

「あぁ、なるほど」

子育て経験者の美里のアドバイスはとてもためになる。赤ちゃんにとってなにが危険なものになりうるのかも、葵はまだまだ勉強中だ。

「こんなもんかな！」

物であふれていた部屋がずいぶんとすっきりした。

葵は立ちあがり、グッと背伸びをする。まだおなかはさほど大きくないが、以前より身体が重く感じる。

「孫が生まれてくるなんてねぇ、撫子も葵も最近まで赤ちゃんだった気がするのに」

急に年寄りじみたことを言って、美里はほがらかに笑う。

「撫子と葵に幸せでいてほしい。私たちの願いはそれだけなのよ」

「ありがとう。私も撫子も、それはちゃんとわかってるよ」

大切に育ててきた娘がなんの相談もなく家を出たのだ。心配でたまらないに決まっている。敦之がローマに会いに行くと言い張るのを、今は美里がなんとか押しとどめている状態らしい。会いたいという敦之の気持ちと、本人の意思を尊重しようとする美里の気持ち。どちらもよくわかるし、どちらが正解なのかを知るのは撫子だけだ。

手をこまねくしかない現状にむなしさがつのる。

しんみりしてしまった空気を払う明るい声で、美里は言った。

「下でお茶でもしない？　栗《くり》のムースを作ったのよ」

彼女は料理上手で、とくにお菓子作りはプロ並みの腕前だ。

「うん、楽しみ！　持って帰る本を選んだらすぐに行くから」

「じゃあ、私は先に居間に……あ、そうそう、うっかり忘れるところだったわ」

彼女はなにか思い出したようにポケットに手を入れた。

「これ、おばあちゃまから葵にプレゼントだって」

「え？」

渡された小さな包みに視線を落とす。透明な袋で綺麗にラッピングされた中身は、アクセサリーのようだ。ゴールドのチェーンに綺麗な紫色の石が輝いている。

「ペンダント？　なんの石かな」

昔から、千香子はどこかに出かけるたびに姉妹にお土産を買ってきてくれた。だから、これも深い意味はないのかもしれないが……。

美里は葵の手のなかをのぞき込む。

「アレキサンドライトよ」

「へぇ。すごく綺麗な宝石ね」

美里はなんだか意味ありげな笑みを浮かべた。

「知ってる？　宝石には石言葉というものがあるのよ」

「聞いたことはある。花言葉みたいなやつよね？」

葵が聞くと彼女はうなずく。

「そうよ。アレキサンドライトの石言葉は……『秘めた思い』ね」

「秘めた思い――」

ドキッとする言葉だった。秘めた思いを抱えているのは、誰だろう。撫子か、藤吾か、それとも――。

「私は先に行ってお茶を準備するわね」

「うん、ありがとう」

美里がひと足先に階段をおりていく。その足音を聞きながら、葵は撫子のことを考えた。

（いいかげんに本心を教えてよ、撫子）

それから、葵は本棚を眺めて、持って帰るための本をいくつかピックアップした。

藤吾の本棚は法律関係のものばかりで、葵にはあまり魅力的でないからだ。

「あれ？　どこに置いたんだっけ」

一番のお気に入りの小説が見当たらない。はたと、撫子に貸出中だったことを思い出した。

「おじゃましま～す」

少し迷ったが、撫子の部屋に入り捜してみることにする。見つからないとなると、余計に読みたくなるのは人間の性なのだろう。撫子の本棚も葵に負けず劣らず大きく、多種多様な本がずらりと並んでいる。姉妹の活字好きは、間違いなく父親からの遺伝だ。

「あ、あった！」

弾んだ声で言って、目当ての本を取り出そうとしたが、ぎっしりと詰まりすぎていてうまく取り出せない。グッと指先に力を込めると、今度は勢い余って周囲にある数冊も一緒に床に落ちてしまった。

「あ～あ」

葵は身をかがめて、それらを拾う。文庫本と同じサイズのポケットアルバムもあった。撫子は最近の写真はデジタル保存していたようだから、昔のものだろうか。

（学生時代のかな？）

見るつもりはなかったのだけれど、拾いあげたときにふと中身が見えてしまった。

懐かしい制服姿の撫子と――。

（隣に写っているのは藤吾？）

高等部時代の撫子と藤吾のツーショットだった。

(たまたまよ。幼なじみなんだから、写真くらい……)

ざわめく心臓を抑えようと、葵は大きく息を吐く。そのとき、ふいに脳裏に撫子の声が蘇った。

『私、好きよ。藤吾くんのこと』

そう言ったとき、彼女は真剣な顔をしていた。

(もしかして、やっぱり撫子は藤吾を……?)

違うと思いたいけれど、動悸《どうき》がおさまらなかった。

(ごめん、撫子!)

どうしても不安を拭い去りたくて、葵はアルバムをめくった。

(ほかのページには私とか別の友達も、きっと……)

けれど、その期待はあっけなく砕け散った。この小さなアルバムにおさめられているのは、藤吾の写真だけだった。

「えーっと、藤吾にあげるつもりだったとか?」

恋心以外の理由を探そうとするけれど、無理があるのはわかっている。葵はその場から動けなかった。

（そうなんだ。撫子も藤吾のこと）

手にしていた文庫本から、ハラリと白い紙が落ちる。葵はそれを拾い、一瞥する。

「検査結果？」

なんだかよくわからないアルファベットと数字が羅列されている。撫子は身体が弱いので、病院通い自体は驚くことでもないが……気になったのは一番下に記載されているクリニックの名称だ。『ローズウィメンズクリニック』はこの辺りでは一番大きな婦人科の病院だ。撫子は幼い頃から気管支が弱かったが、婦人科系の病気を患っているという話は聞いたことがなかった。

（婦人科でなんの検査を受けたんだろう？）

心になにかが引っかかるような違和感を覚える。この紙きれを無視してはいけない、そんな気がした。

「葵～。まだなの？」

階下からかけられた呼び声に葵はビクリと肩を揺らす。撫子の部屋の扉から顔を出し、「すぐ行く！」と大きな声で返事をする。

アルバムはほかの本と一緒に棚に戻した。が、その白い紙は当初の目的だった本に挟んで、自分のバッグにしまう。

実家で夕食を済ませ、夜九時頃にマンションへ戻った。藤吾はまだ帰宅しておらず、家のなかは真っ暗だった。今夜は遅くなると聞いていたから、これは想定内だ。葵はリビングではなくまっすぐ自分の部屋に向かい、明かりをつける。

このところは藤吾の部屋をふたりの寝室として使っているので、自室はただのクローゼットと化していた。今夜あえてこの部屋に来たのは、やはりどこか後ろめたいからだろう。撫子の秘密を勝手にのぞこうとしているのだから。だが、やめておこうとは思わなかった。調べるべきだと、葵の本能が告げている。

ノートパソコンを開き、白い紙に記載されている検査項目と数値を調べる。

「えっ……」

無機質な文字が伝えてくる情報はまったく想定していなかったもので、葵はしばし呆然となる。知ってしまった真実と現在がどう結びついているのか、混乱する頭ではうまく整理できなかった。

それから数日。山積みになっている仕事を前にしても、キーボードを叩く指先の速度はちっともあがらない。頭がオーバーフロー状態になっていて、処理能力が大幅に低下している。

ふぅと小さくため息をついて、葵は軽く目を閉じた。

「体調不良？　無理せず、必要なときはヘルプを要請してね」

葵のポンコツ具合を妊娠のせいだと信じている早智が心配そうに眉をひそめた。申し訳なくなり、慌ててパソコン画面を見つめ直す。

「平気です！　体調はどこも悪くないので」

（プライベートを仕事に持ち込んじゃダメよ。それでなくても、つわりのひどい時期に迷惑をかけたんだし）

あらためて気合いを入れ直し、仕事に集中した。

「そういえば、明日は本庄さんが担当したミステリー作品の発売日ね」

「あ、本当ですね。評判どうかな〜、ドキドキします」

「版元さんからは大好評だったし、心配いらないわよ」

つい最近まで一番の大仕事だった米国作家のコージー・ミステリー小説が無事に発売日を迎えるのだ。書店に様子を見に行く時間を作れないだろうかと、手帳を開いた。

そのとき、はたと重要な事実に気がつく。

（あれ……今週の土曜日って、もしかして藤吾の誕生日!?）

今日はもう水曜日だ、こんなに直前になるまで忘れていたとは妻失格だ。焦る気持ちをなだめて、自分を落ち着かせる。

(プレゼントは仕事帰りに買いに行けばいいし、当日のプランを練る時間もギリギリある。大丈夫よ!)

思い出したのが当日ではなくて本当によかったと、胸を撫でおろす。


その夜、帰宅した藤吾に葵はすぐさま尋ねる。

「今週の土曜日は仕事?」

ネクタイを緩め、スーツの上着を脱ぎながら彼は口を開く。

「土曜は、夕方にひとつ打ち合わせがあるな。それが終われば帰れるけど……なにかあるのか?」

自分以上にすっかり誕生日を忘れている様子の彼に、拍子抜けしたような気持ちになる。フッと噴き出しながら、葵は言った。

「藤吾の誕生日だよね。お祝いしたいから、その打ち合わせが終わったら早めに帰ってきてくれる?」

彼はパチパチと目を瞬き、驚いた顔をしている。

「あぁ、誕生日か。そういやそうだったな。別に俺の誕生日はなにもしなくても——」

興味なさそうな藤吾の言葉を遮って、葵は語気を強める。

「ダメよ！　おめでたいことはちゃんとお祝いしなきゃ！　この前ね、実家でお母さんが作ってくれた栗のムースがおいしかったの。甘さ控えめだから、藤吾も食べられると思うんだ。レシピを教えてもらって、それ作るね！」

藤吾の顔をのぞき込みながら、続ける。

「栗、苦手じゃないよね？」

「あぁ。葵が作ってくれるなら、なんでもうれしい」

彼の口元が優しい弧を描く。ムースだけでは誕生日ケーキとしては寂しいから、下にクッキー生地を敷こうか。料理はなにがいいだろう。胸を張れるほどの腕前ではないが、少しは凝ったものに挑戦したい。彼の喜ぶ顔を想像して、あれこれとプランを考えるのは楽しかった。

「プレゼントはなにが欲しい？　ネクタイかベルトはどうかな？」

今日、会社から帰宅する電車のなかで早速リサーチしてみた。ベタすぎるかもしれないけれど、いつも身に着けてもらえるものを贈りたいと思った。

藤吾は一歩踏み出して、葵との距離を詰める。

「ん?」

上目遣いに彼を見ると、ふわりと藤吾の胸に包まれた。頬に優しく、彼の唇が触れる。愛情たっぷりの声で彼がささやく。

「葵以外に欲しいものなんかない。お前がここにいれば、それで十分だ」

甘すぎる台詞に葵はたじろぐ。かぁと顔中に熱が集まってくるのを感じながら、小さく答える。

「なら、私が選ぶね。あとで文句言わないでよっ」

照れ隠しに憎まれ口を叩くが、彼は幸せそうにほほ笑むだけだ。

その笑顔に胸が無性に締めつけられた。こぼれ落ちそうになる思いをなんとかとどめて、葵も笑顔を返す。

「素敵な誕生日にするからね!」


土曜日、藤吾の二十八歳の誕生日。

レジカウンターで葵が商品を差し出すと、まだ若いオシャレな男性店員がそれを受け取った。

「ラッピングはどうなさいますか?」

「お願いします。プレゼントなので」

表参道《おもてさんどう》のセレクトショップで、彼に似合いそうなブルーグレーのマフラーを選んだ。この店のショップバッグを藤吾が持っているのを何度か見たことがあるので、大きく趣味から外れていることはないはずだ。

丁寧にラッピングされた商品を受け取り、葵は満足そうにほほ笑む。

(このあとはスーパーで食材を買って、料理をしながら藤吾の帰りを待つだけね)

メニューももう決まっている。豪華に見えるがそんなに難しくはない白身魚のアクアパッツァと藤吾の好きなボロネーゼソースのパスタ。


失敗しないよう慎重に作っていたので、あっという間に一時間以上が過ぎていた。いい匂いに包まれるキッチンで、葵は味見用のスプーンを口に運ぶ。

「よしっ、上出来!」

ようやくひと息ついたところで、彼が帰ってきた。

「ただいま。悪い、少し遅くなった」

リビングの壁掛け時計の示す時刻は夜七時ちょうど、ほぼ約束どおりだ。葵はダイニングテーブルに料理を運びながら、返事をする。

「ううん。料理も今完成したところだから、ちょうどよかった。できたてだから、すぐに食べてほしいな」

「あぁ。着替えだけ済ませてくる」

優しい瞳で彼は言って、自室へと消えていく。その背中を葵はじっと見つめた。

撫子の秘密を知ってしまったあの日から、悩みに悩んで、やっとひとつの答えにたどり着いた。気を抜くと涙がこぼれそうになるのを、先ほどから必死でこらえている。

(藤吾が好き……大好きだからこその結論だ)

ライトグレーのニットに黒いパンツというカジュアルスタイルに装いをチェンジした彼が、葵の向かいに腰をおろす。

「……うれしいけど、こんなに凝った料理を作って身体に負担がかかってないか?」

「大丈夫だよ。安定期で体調もすごくいいし」

彼の過保護ぶりはありがたいような、くすぐったいような、不思議な気分になる。長い付き合いだけど、藤吾がこんなにも甘い夫になるとは想像もしていなかった。

「お誕生日おめでとう、藤吾」

ふわりとした笑みを向けると、彼はまぶしそうに目を細めた。

「ありがとう。葵の誕生日は二か月後か。そして、その次は……俺たちの子の誕生日だ。楽しみだな」

「そうだね」

ほほ笑み合いながらも、葵は胸がグッと詰まるのを感じた。

(もしかしたら、おなかの子が誕生する瞬間をふたりで迎えることはないかもしれない……)

「いただきます！」

胸の前で両手を合わせてそう言うと、藤吾は黙々と食事を口に運び続ける。あまりの勢いに葵は驚いてしまう。

「そんなにおなかが空いてたの？　昼を食べられなかったとか？」

自分が早く帰ってきてなどと頼んだせいで、仕事が大変だったのだろうか。そう思って尋ねると、彼は首を横に振った。

「いや。すごくうまいから。料理は苦手なんだと思ってたけど……いつの間にかすごく上達したよな」

たしかに葵はあまり料理が得意ではなかった。実家暮らしで、おまけに美里は料理上手なので、自ら作る機会はあまりなかったし必要性も感じていなかった。

「藤吾のおかげ、だよ。食べてくれる人がいると、がんばれるみたい」

自分ひとりなら簡単なものでいいと思ってしまうけれど、藤吾が喜ぶ顔を想像すると、もう一品作ろうかなという気持ちになれる。それに、彼は自分の食事にはとんと無頓着で、放っておくと健康が心配なのだ。

藤吾はフッと口元を緩ませる。

「じゃあ、明日は俺が作る。これまで日々の食事に興味を持てなかったけど、たしかに葵が喜ぶなら意味があるな」

「えぇ!?」

驚きに目を白黒させると、彼は不敵に笑う。

「面倒だからしなかっただけで、全然できないわけじゃないぞ。リクエストがあれば、なんでも言え」

子どもみたいに、得意げな顔をする彼がなんだかおかしかった。

(明日かぁ。そんなこと言われると決心が揺らいじゃうな)

幸せを感じれば感じるほど、切なさもつのる。

食事も美里直伝の栗のムースケーキも、ふたりで綺麗に平らげた。プレゼントのマフラーも想像以上に喜んでくれて、葵のほうが照れてしまうほどだ。

「似合うか」

「うん！」

早速首に巻いたそれに視線を落としながら、彼はつぶやく。

「マフラーをもらうのは二回目だな」

「え？」

弾かれたように顔をあげた葵に、藤吾は柔らかな笑みを浮かべる。

「中等部三年のバレンタインにもマフラーくれただろ。黒いざっくりしたニットのやつ」

言われてみれば、おぼろげな記憶が蘇ってくる。

小さい頃からの習慣で、中等部までは互いに誕生日やクリスマスにはプレゼントを贈り合っていたのだ。高等部にあがるくらいで、恋愛関係でもない男女がプレゼント交換をするのはおかしいのでは？となり、どちらからともなく、やめてしまった。文房具などが定番だったけれど、そういえばマフラーをあげたこともたしかにあった。

「よく覚えてるねぇ」

純粋に感心してしまった。藤吾は初等部時代からすでに女の子にモテモテだったので、誕生日やバレンタインには毎年、山のようなプレゼントをもらっていたのだ。きっと、そのひとつひとつをすべて覚えているのだろう。

「まぁ……な」

褒めたつもりなのに、彼はなぜか寂しげな顔をする。

食後の片づけは藤吾がしてくれた。葵は温かいハーブティーを飲みながら、テキパキと動く彼の背中を眺めている。

「今夜はまだ早いし、また映画でも観るか？」

片づけを終えた藤吾がのんびりとした声で言う。

いくつか、葵の好みそうな映画のタイトルを彼はあげたが、それには答えず、彼の懐に飛び込んだ。背中に腕を回して、甘えるようにギュッと抱きつく。

「ん？　どうした？」

葵は藤吾の胸に顔を埋めたまま、震える声でつぶやいた。

「――愛し合いたい」

「え？」

顔は見ていないが、驚きに固まっているであろう彼が容易に想像できる。葵は抱き締める腕に力を込めて、先ほどよりはっきりとした声で告げる。

「お願い。今夜は藤吾を感じたいの」

彼の当惑が伝わってくるようだ。藤吾は軽く膝を折り、葵の顔をのぞき込む。

戸惑いと熱っぽい劣情の入り混じる彼の眼差しに、身体の奥底がしっとりと潤んでいく。

「身体は大丈夫なのか？」

ややかすれた声も色っぽく、葵の耳を甘く刺激する。

「えっと、無理なことをしなければばって聞いたんだけど……」

医師からはわりとあけすけなアドバイスをもらっていたが、それをそのまま彼に伝えるのは恥ずかしくて、言葉をにごして答える。

「たがが外れても、知らないからな」

弱ったような顔で笑った彼はものすごく優しい手つきで葵を抱き締めた。ドクドクと、とんでもないスピードで打ちつける鼓動はいったいどちらのものだろうか。

藤吾は葵を抱きかかえると、寝室へ向かう。

橙《だいだい》色の明かりに、ふたりの姿が浮かびあがる。生々しい男女の営みではなく、なにか神聖な儀式が執り行われているかのような気配があった。

藤吾は宝物を扱うような手つきで葵に触れ、恭《うやうや》しいキスを落としていく。静かで優しいからこそ、感覚が極限まで研ぎ澄まされる。彼の唇が触れた場所が熱を帯び、あっという間にそれが全身に広がっていく。

艶やかな黒髪、美しい夜空が溶け込んだような瞳、葵を幸せにする言葉を紡ぎ出す唇……彼のすべてが愛おしくて、胸がいっぱいになる。

「愛してる、葵」

吐息混じりに吐き出される藤吾の思いを、葵は全身で受け止める。心にも身体にも、しっかりと焼きつけておこうと誓う。だけど……。

『私も愛してる』とは、どうしても口にできなかった。

言葉にしてしまったら、閉じ込めているすべてが崩壊してしまう。それが嫌というほどわかっていたから。

甘やかな時間は永遠に続くように感じられた。

いっそ、このまま時が止まってしまえばいいのに、藤吾の腕のなかで葵はそんなことばかり考えていた。

翌朝。彼が起きてくる前に、葵は荷物をまとめてこっそりとマンションを出た。

【藤吾へ　もう一度、本当に愛しているのは誰なのかよく考えてみてください。もしかしたら、その人は藤吾を待っているかもしれないから。　葵】

ベッドサイドに、短い手紙と今夜発のローマ行きの航空券を残して。

少し迷ったけれど、例の検査結果の件には触れなかった。葵が勝手に知らせていいものではない。

あの紙に羅列してあった数値は、撫子が妊娠しづらい体質であることを示すものだった。医学的知識のない葵には、深刻度まではわからなかったが……。それでも撫子の失踪の理由には十分だと思えた。

(東雲家は跡継ぎの誕生を望んでいた。だから撫子は身を引いたの?)

しかし、東雲家がどうであれ、藤吾は子どもを理由に彼女を捨てたりはしなかったはず。撫子もそれをわかっていたから、あえて憎まれるような形で彼の前から姿を消したのかもしれない。

今の彼の気持ちを疑っているわけではない。藤吾は本当に自分を大切にしてくれている。

(だけど、もともとはやっぱり、撫子のことが好きだったんじゃないの?)

撫子を見守る彼の眼差し、葵はどうしてもそれを忘れることができないでいた。

(それだけなら別に構わないの。過去に誰を好きだったとしても、大切なのは今とこれからだもの。だけど……)

ふたりが両思いだったのなら、葵の考えも変わってくる。このまま知らないふりで藤吾と暮らし続けることはできない。

(藤吾は撫子に会うべきだ)

柔らかな光が葵を照らす。朝の空の澄んだ美しさに、足を止め、息をのんだ。グッと上を向き、涙を隠してほほ笑む。

(たとえ私のところへ戻ってこなくても……大好きな藤吾と撫子が幸せになれるのなら……)

この道はきっと明るい未来に続いている、葵はそう思った。そして、自身のおなかに視線を落とす。

(私にはこの子がいるもの)

藤吾との結婚がどうなったとしても、葵はもう我が子と離れて暮らすことなど考えられなかった。


「え~。急にどうしたのよ？　そんな大荷物で……」

朝早くに突然帰ってきた娘を前にして、美里はいぶかしげな顔になった。

「ごめん。おなかが大きくなったせいか、体調が優れなくて……しばらくお世話にならせてください！」

玄関口で肩からさげていたボストンバッグをおろすと、葵は顔の前で両手を合わせた。

「まぁ、つい最近までうちに住んでいたんだし私たちは困らないけど……藤吾くんと喧嘩したとかじゃないわよね？」

心配そうに美里は眉をひそめる。さすがに鋭い。

だけど、両親に真実を語るのは撫子と藤吾の行く末が決まってからにすべきだろう。

葵は曖昧な笑みで、ごまかした。

「そんなことないよ」

なにか察したような顔をしつつも、美里はあれこれ問いつめたりせずに受け入れてくれた。

「じゃあ、元気になるまでゆっくりしていきなさい」

「ありがとう、お母さん」

体調不良と嘘をついた以上、出歩くわけにもいかない。葵は自分の部屋でぼんやりと時を過ごす。美里も必要以上に声をかけることなくそっとしておいてくれた。本を読んだり、テレビのバラエティ番組を流し見したりしていると、あっという間に夕方だ。学生時代からずっと愛用している目覚まし時計は五時を示している。夕食の支度くらいは手伝わなくてはと、葵は重い腰をあげる。

南向きの大きな出窓の外には群青色の空が広がっていた。ちょうど昼と夜のはざまの時間。光と闇がせめぎ合うさまは、葵の心を映しているみたいだ。

(かっこつけてみても、やっぱりどこかで期待もしてる。藤吾が私のところに帰ってきてくれること)

夕空を白いものが横切る、飛行機だ。

(藤吾はちゃんと空港に向かったかな？　撫子は彼に会ってくれるだろうか……)

彼の部屋をこっそり探ってパスポート番号を調べ、航空券を用意した。強引だったかな？とは自分でも思うけれど、そのくらいしないと、葵やおなかの子のことを考えて藤吾は踏み出せない気がしたから。

(藤吾が後悔しない道を選べるといい)

「お母さん。私も夕食の支度を手伝うよ」

そう声をかけながら階段をおりていくと、どうやら来客があったようだ。玄関から誰かの話し声がする。

「葵～。ちょっと来なさい」

美里の呼ぶ声に、葵は玄関へ足を向ける。葵とも顔見知りの近所の人だろうか、そんなふうに思っていたので玄関に立っていた人物を見て、衝撃に思わずよろけてしまった。

「藤吾……」

「もう。やっぱり喧嘩だったんじゃない。部屋にあがってもらって、きちんと話をしなさいね」

あきれた顔で美里は肩をすくめる。

Side story　撫子の真実

『そろそろ真実を話す頃合いかもしれないわね。葵も妊娠したし、安心させてあげないと』

海の向こうから届く千香子の声を聞きながら、撫子は小さくうなずいた。

（葵と藤吾くんに赤ちゃんか。さすがに、夫婦らしくなったかしら）

『葵はすぐに暴走するから、妊娠中でもなにかしでかすんじゃないかって、私も気が気じゃないのよ』

千香子の心中はよくわかる。クスリと笑って、答えた。

「そうね。ヤキモキさせてごめんね、おばあちゃま。このところ研究室のほうも忙しくて。でもね、来週ちょうど仕事で日本に行くことになったのよ。そのとき時間を作って、葵と藤吾くんに会うわ。すべてちゃんと話すから」

＊　＊　＊

横浜。日曜日のお昼なので、家族連れやデート中のカップルでみなとみらいの街はにぎわっている。

七か月ぶりに日本に帰ってきている撫子は、あちらとは色合いの異なる日本の海をのんびりと眺めていた。吹き抜ける風は爽やかで心地よい。

「日本は秋が一番いい季節よねぇ」

（そういえば、昨日は藤吾くんの誕生日だったわね。葵はちゃんとお祝いしてあげたのかしら？）

「撫子！」

呼び声に振り返ると、カルロが両手にホットコーヒーのカップを持ってこちらに歩いてくるところだった。

「寒いでしょ？　はい、どうぞ」

今回の帰国はあくまでも仕事のためだ。だから同僚のカルロも一緒に来ている。

「今日の仕事、早めに終わってよかったね。家族に会いに行けそうかな？」

居留守を頼んだり、心配させたり。なにかと迷惑をかけた彼には、日本へ向かう飛行機のなかで事情を説明してあった。彼は撫子が家族に会う時間を捻出できるように、あれこれと気を回してくれている。

「ありがとう、カルロ。今から連絡してみようと思ってる」

仕事の状況次第で絶対に時間を作れるとはかぎらなかったから、この帰国を知っているのは千香子だけだ。実家や葵にはこれから連絡を取るつもりでいる。

「うん、それがいいよ！」

カルロは自分のことのようにうれしそうな顔をした。

（本人には言えないけれど……カルロってリョウマに似ているのよね）

リョウマは昔、お隣さんが飼っていたゴールデンレトリバーだ。敦之がアレルギー体質で本庄家はペット禁止だったので、撫子と葵はリョウマをとてもかわいがっていた。大きくて優しいところが、彼らの共通点かもしれない。

「撫子はとても妹思いなんだね」

彼の言葉に撫子は大きくうなずいた。

「もちろん。大事なかわいい妹だもの！」

そのとき、ポケットに入れていたスマホが鳴った。帰国中のみ使用するつもりでレンタルしているものなので、番号を知るのは研究室の人間くらいだ。

「あら、なにかあったのかしら？」

カルロに断りを入れて、撫子は電話に応じる。相手は意外な人物だった。

「え、藤吾くん!?　どうしてこの番号を？」

『ローマの研究室に連絡して、急用だからと教えてもらった』

「急用？　私に？」

彼はひどく焦っている様子だった。

『今、日本に帰ってきてるんだって？　どこにいる？　仕事の合間でいいから、少し話せないか？』

「今、みなとみらいよ。仕事は一段落したところだったんだけど……もしかして、葵になにかあったの？」

藤吾が慌てる理由など、葵のこと以外にはないだろう。

『それが……』

彼の話に、撫子は頭がクラクラするのを感じた。

「ええ～。どうしてそんなことになるのよ？」

(まったく。かわいいけど、本当に手のかかる妹なんだから！)

藤吾がすぐにこちらに来ると言うので、まずは彼から直接詳しい話を聞くことにした。

カルロと別れ、撫子は藤吾が指定したみなとみらいの駅前のカフェで彼を待つ。

藤吾を思うと、ほんの少し古傷が疼く。

『私、好きよ。藤吾くんのこと』

あの台詞は葵をたきつけるために言ったものだが、真っ赤な嘘というわけでもない。過去形にすれば、真実に近いものになる。

弟のような存在だった彼への思いは、思春期を経て、いつの間にか淡い恋心に変わっていた。それを自覚するきっかけになったのが、あのバイク事故だ。たしかに撫子の腕には傷痕が残ったが、生活に支障があるわけでもなく、撫子本人はとくに気にもしていなかったのだが……藤吾は自責の念にとらわれていた。あの事故に彼の責任などこれっぽっちもないのに。

(私の腕を見るたびに、藤吾くんが苦しそうな顔をするから……だから夏でも長袖を着るようになった)

同情で優しくされるのはモヤモヤして、苦しかった。純粋な恋心を向けられている葵がうらやましかった。

(それで自分の気持ちに気がついたのよね。まあ、自覚と同時に失恋も決定したわけですけれど)

藤吾が葵以外に気持ちを向けることはありえない。ずっと一緒だった撫子には断言できてしまうのが、つらいところだった。

だけど、考古学と出会い、研究に没頭しているうちに自然と彼への気持ちは思い出に変わっていった。新しい恋が訪れなかったのは、藤吾を忘れられなかったからではなく、考古学に恋をしたからだ。

二十五歳を過ぎた辺りから、両親や親戚に縁談をすすめられることが増えた。

健康でバリバリ仕事をこなせる葵と違って、身体の弱い自分は家庭に入るほうがいいと思われていたのだろう。

撫子自身も悩んでいた。仕事が大好きだけど、この頼りない身体で結婚と仕事を両立する自信はなかった。どちらかを選ぶなら、やはり結婚なのだろうかと漠然と考えてはいた。千香子も両親もきっとそれを望んでいる。

縁談相手のなかに相性のよさそうな人がいれば、前向きに考えてみようか。

そう思って、ブライダルチェックも受けてみた。あまり望ましくない数値が出た項目もあり、医師の指示どおりに生活改善にも取り組んだ。だけど、肝心の相性のよさそうな人が現れなかった。気乗りしていない様子が縁談相手にも伝わってしまうのか、顔合わせより先には進まない。

東雲家との縁談が持ちあがったのはそんなときだった。

東雲家から敦之に連絡があったその日、たまたま撫子は家にいて葵より先に話を聞いたのだ。

『えぇ〜、藤吾くんと!? とりあえず、葵と相談してみて――』

うまく話をまとめられたら、長年こじらせているふたりのハッピーエンドが見られるかもしれない。そんなふうに考えた瞬間、思いがけない台詞が飛んできた。近くで話を聞いていた千香子が割り込んできたのだ。

『とてもいいお話じゃないの。ぜひとも、東雲家に嫁ぎなさい。葵ではなく……撫子がね』

(あのときは本当に焦ったわ)

千香子とのやり取りを思い出し、撫子は苦笑いを浮かべた。

＊　＊　＊

千香子の部屋で、撫子は彼女と向き合った。いくら優等生の撫子でもこの縁談だけは『はい』とは言えない。

先手を取ろうと、すぐに口を開いた。

「あの、おばあちゃま！　私、藤吾くんとの結婚だけはちょっと……」

「藤吾くんとの結婚だけは？」

御年八十とは思えない鋭い眼光に撫子はたじろぐ。強い声で千香子は聞いた。

「相手の問題なのかしら？　もし、別の相手だったら撫子は承諾するの？」

千香子の言いたいことがわからず困惑しながらも、撫子は小さくうなずく。

「えぇ。ほかの人ならきっとワガママ言わずに結婚して――」

そう答えながらも、撫子は自分の嘘に気がついていた。

（違う。本当は結婚なんて……）

千香子はじっと撫子を見つめて、大きく肩を落とす。

「逆ですよ。撫子はもっとワガママになるべきね」

「どういう意味？」

千香子は目を伏せ、フッと苦笑を漏らす。

「撫子は本庄の名に恥じない素晴らしい女性に育ってくれました。私はそのことに感謝しています。でもね、私があなたたち姉妹を厳しく躾《しつ》けたのは、本庄家のために生きてほしいからじゃないわよ。自分の夢を叶える力を身につけてほしかったからです」

千香子はにっこりとほほ笑んだ。

「撫子はもう、その力を備えているでしょう?」

(私の夢……お父さんみたいな研究者になること。もっともっと勉強をして、それで
――)

「だけど、結婚より仕事に生きるなんて、お父さんたちがなんと言うか」

千香子はきっぱりと返す。

「撫子の人生は撫子のものよ。譲れない思いがあるのでしょう?」

(私の人生。本当にやりたいことは――)

「結婚じゃない。私、もっと研究を極めたい。本当は、巡ってきた大きなチャンスを
逃したくない!」

少し前にローマの研究室から移籍の誘いを受けた。

(お父さんが大反対するだろうし難しいよねと思いながらも、返事を保留にしていた
のは、諦めたくなかったからだ)

「ひとりで海外。がんばれるかな?」

「もちろん。撫子なら大丈夫ですよ」

「でも、おばあちゃま。それならどうして、さっきお父さんの前で私に嫁げと言った

の？」

千香子はにんまりと笑う。

「このくらいのインパクトがあれば、鈍感なあの子でも気持ちを自覚するかと思ってね」

撫子はあんぐりと口を開ける。

「もしかして……葵に、私と藤吾くんが結婚すると思わせようとしているの？　ずいぶんな荒療治ねぇ」

楽しそうに目を輝かせて千香子は言う。

「ねぇ、撫子。私、とってもいいことを思いついたのよ。葵を素直にさせて、過保護すぎる敦之さんたちに撫子の本気を示せる、一石二鳥の計画よ」

千香子の思いつきはとんでもないものだったけれど、うまくいけばみんなが幸せになれる。撫子は思いきって、そのプランにのることを決めた。

＊　＊　＊

「撫子！」

カフェに駆け込んできた藤吾の声で、撫子は現実に引き戻される。久しぶりに会う彼に笑顔で手を振った。

(そういえば、むか～しに作った藤吾くんのアルバム……ローマに発つ前にどうにかしなきゃと思って捜したけど、結局見つからなかったのよね。いったいどこにしまったのかしら?)

八章　本物の花嫁

この部屋に彼が入るのは、いつぶりだろうか。昔はよく遊びに来ていたのに……などと、どうでもいいことを考える。藤吾はむっつりと押し黙ったまま、葵の差し出したクッションの上にあぐらをかいて座っている。静かな怒りのオーラが彼の全身を覆っていた。

「どうして行かなかったの？　今からじゃ飛行機に間に合わないよ」

彼に用意した航空券は、夜七時発のものだった。今から向かったのでは、手遅れだ。

藤吾はゆっくりと葵に目を向け、静かな声で言った。

「来たよ。葵の言うとおりに」

葵はなにも言えずに彼を見返す。キリリとした瞳は揺らぐことなく、葵だけを見つめていた。

「あの手紙は、本当に愛している相手のところに行けってことだろ。だから、ここに来た」

「違うの。藤吾、撫子には事情があったの。お願いだから、撫子ときちんと話を――」

必死に訴える葵の言葉にかぶせるように、彼は告げる。

「話したよ。あのな葵、撫子は今ローマにいないぞ」

「えぇ!?」

葵は目を白黒させる。

「今、仕事で日本に来てる。俺がローマに行ってたら、すれ違いだった」

(そ、そうなの？　航空券まで用意したのに……)

自分がやや突っ走りすぎていたらしいことに、今さら気がつく。

「まぁでも、俺も撫子と話さないとどうにもならないと思って、必要ならローマまで行くつもりで撫子の職場に連絡を入れたんだ。そしたら撫子は横浜だって言われて」

「撫子に会えたの？」

「あぁ。ちゃんと話してきた」

淡々とした口調で藤吾は続ける。葵はおそるおそる尋ねる。

「それで撫子は？　なんと言ったの？」

(やっぱり藤吾が好きなんだよね。それを知って藤吾はどう思ったんだろう)

「大好きだって」

言って、藤吾はじっと葵の目を見る。

（そっか。わかってたけど……やっぱりこたえるなぁ）

泣き出しそうになるのを必死にこらえて、早口に言う。

「あの、私に遠慮とかはいいからね」

「――葵のことが、な。俺のことは弟としか思ったことないってさ」

それから、あきれたような顔で葵に笑いかけた。

「なにがどうなって葵がそんなこと思ったのか、さっぱりわからないって困ってたぞ」

「だって……」

葵は言いよどむ。アルバムのことも婦人科の検査のことも、自分の口から話していいものなのだろうか。

「続きは三人で話すか。撫子ももう着くと思うから」

藤吾の言葉どおり、階下がにぎやかになった。誰かが家に来たようだ。葵は弾かれたように彼を見る。

「撫子も来てるの？」

「あぁ。でも、もともと顔を出すつもりだったらしい。滞在先のホテルに寄りたいと言うから、横浜で一度別れたんだ」

藤吾が下におりて、撫子を呼んできた。

「ただいま。あら、葵の部屋ずいぶんすっきりしたのね」

いつもどおりの様子で部屋を見回し、それから葵にほほ笑みかけた。

「妊娠おめでとう！　わぁ、もう結構おなかが大きいのね」

撫子は葵の隣に腰かけ、まじまじとおなかを見つめる。

「……撫子も元気そうでよかった。でも――」

葵はキッと撫子をにらむ。

「急にいなくなったりしないでよ！　寂しいし、心配したんだからね」

涙目になった葵をふわりと抱き締めて、撫子は言う。

「ごめん、ごめん。でも、私の家出は綿密な計画に基づいて実行したのよ。また突っ走って、心配かけているのは葵のほうよ？」

撫子は葵の顔をのぞき込んで、クスリと笑う。そこに藤吾が口を挟む。

「俺も撫子も、葵の思考回路がまったく理解できない。どうして今さら俺と撫子が……なんて考えが出てくるんだよ」

藤吾の声にはあきれを通りこして、怒りがにじんでいる。

「だって、見ちゃったんだもの、撫子の部屋で」

「どういうこと？」

撫子に問いただされ、葵は彼女の部屋で見たものをすべて打ち明けた。

撫子は眉根を寄せて、こめかみを叩いた。

「う、う～ん。わからなくはないけど、それだけでローマ行きの航空券まで買ったの？　あいかわらず猪突《ちょとつ》猛進なんだから」

「それは猪《いのしし》に失礼だろ。葵のはただの空回り」

藤吾が突っ込む。

「だって、撫子なら身を引こうとするかもしれないって思ったから」

「まず、婦人科の検査の件だけど、あれを受けたのは藤吾くんとの縁談が持ちあがるよりずっと前よ。検査の日付けは確認しなかったの？」

「うっ。パニックになってたし、そこまでは……」

（それなら、あの結果を知って逃亡を決意したわけじゃないってこと？）

撫子は「葵らしいわね」と言って、説明を続ける。

「たしかにあまり望ましくない結果のところもあったけれど、あの数値なら薬で十分改善可能な範囲で、お医者さまにも悲観的になることはないって言われたわ」

「そうなの？　ネットで調べたら深刻そうな情報ばかり出てくるから」

「もちろん絶対に大丈夫とは言えないけれど、それはみんな同じじゃない？　子どもを授かるって誰にとっても奇跡だと思うわよ」

「じゃ、じゃあ、撫子はあの検査を気にしていたわけじゃないの？」

撫子はあっけらかんとした様子で答える。

「ええ、全然。そもそも、今は研究に夢中で結婚も当分する気はないし、子どものことを考えるのはまだまだ先かしら」

「でも、あのアルバム、藤吾の写真ばかりで」

「それは……えっと、あれよ！　お父さん対策だったの。準備はどうだ？って聞かれたときに、アルバムを見せて、披露宴で流す映像を準備中よって言うためにね」

「嘘！　じゃあ、全部、私の勘違いなの？」

撫子はにっこりとほほ笑んだ。

「そうよ。ぜーんぶ、葵の思い込み。藤吾くんはかわいい妹の大好きな人、それだけよ」

それから撫子は藤吾を見て、思い出したように言った。

「そうそう、藤吾くんに謝らなきゃいけないことがあるのよ」

「ローマ行きを黙っていた件の謝罪ならさっきのカフェで聞いたが、まだなにかあるのか？」

藤吾はいぶかしげに首をかしげる。

「藤吾くんを脅すために事故の傷が痛むって言ったけれど……あれは大嘘！　どこも痛くないし、なんなら傷痕のことも全然気にしてないの」

撫子は明るい笑顔で続ける。

「あの事故の原因はライダーの不注意よ。藤吾くんにはなんの罪もない。もう自分を責めないで、私のためにもね！」

「わかった、約束する」

ふたりがそんな話をしている間も、葵は頭を整理するので精いっぱいだった。

「撫子、私には、やっぱりまだわからないことだらけなんだけど。どうして結婚するふりをして、家出までする必要があったの？」

撫子は立ちあがりながら答えた。

「それは家族みんなにきちんと説明するわ。お母さん特製のシフォンケーキがあるんだって。下でお茶にしましょうよ」

撫子に促され、葵と藤吾も居間におりる。

久しぶりに本庄家全員がそろった。撫子の帰宅がうれしいのか、いつも厳しい顔を崩さない千香子も今日はニコニコしている。

「いい顔をしているわね、撫子。充実しているんでしょう？」

「ええ、本当にありがとう。おばあちゃまが背中を押してくれたおかげよ」

撫子は全員の顔を見て、ゆっくりと話し出す。

「心配かけて、それからみんなを騙すようなマネをして本当にごめんなさい」

「どうして急に家を出たりしたのか、話してくれるんだな」

ホッとしたような顔で敦之が聞く。

「ええ、すべて説明します」

葵も固唾をのんで、彼女の言葉を待った。

「決して、突発的な家出ではないの。東雲家との縁談が持ちあがったときから、考えていたことよ」

「それなら、せめて相談くらい……」

撫子に打ち明けてもらえなかったことが敦之はやはりショックだったようだ。もちろん葵も同じ気持ちだ。

（そうよ。藤吾と結婚しないことも、ローマ行きもどうして内緒にする必要があったの？）

「そのことは本当に申し訳ないと思っているわ。ごめんなさい」

深々と頭をさげた撫子をかばうように、千香子が言う。

「責めないであげて。この計画を考えて、撫子をけしかけたのは私だから」

「おばあちゃまが!?」

葵は目を白黒させた。この件に千香子が関係しているなんて思ってもいなかった。

藤吾と撫子の結婚を誰より望んでいたのは、千香子ではなかったのか――。

撫子のあとを引き取って、千香子がすべてを説明する。

「縁談を持ちかけられたとき、これは撫子と葵にとって、いいきっかけになると思ったのよ」

葵はそこで思わず口を挟んだ。

「私も？　撫子だけでなく？」

「ええ、そうよ」

千香子は葵を見て、そう断言する。

（どういうことなの？）

葵の疑問に答えるように千香子は続けた。

「ふたりとも、もどかしくて見ていられなかったわ。撫子は大切な夢を諦めて、安易な結婚を選ぼうとしていた」

千香子は厳しい顔になって撫子をたしなめた。

「そんな気持ちではお相手に失礼ですし、結婚はそう甘いものではありませんよ」

撫子は肩をすくめて、答える。

「はい、おばあちゃまの言うとおりです」

「それから、葵は素直になることを覚えるべきだった。大好きなものを嫌い、嫌いと言い張って……それでは幸せが逃げてしまうわ」

千香子は葵にいたずらっぽい目配せをしてみせる。

(大好きなものって、まさか……)

「ふふ。長く生きていれば、わかることもたくさんあるのよ」

(私自身も気づいていなかった藤吾への思い、おばあちゃまにはお見通しだったの?)

撫子が補足する。

「葵と藤吾くんに必要なのは、幼なじみを卒業すること。理由はどうあれ、夫婦になってみるのはいいかもしれないと私も思ったのよ」

そんな経緯で、撫子と千香子は共謀して計画を実行に移したそうだ。

（私と藤吾のためでもあったということ？）

「でもっ、こんな無茶なやり方をしなくても、きちんと話をしてくれたら――」

いくらなんでも、ひどすぎるのでは？

葵はふたりに抗議するが、千香子は平然と返す。

「そうかしら？　お願いしたくらいで、葵が縁談を承諾していたとは絶対に思えないわね」

「それについては、俺も全面的に同意するな」

藤吾にまで言われてしまっては、反論できない。

（たしかに、撫子との婚約話がなければ、今も藤吾を天敵だと思っていた可能性は否めないけど）

千香子は次に敦之と美里に顔を向ける。

「あとは、あなたたちにも撫子の本気をわかってほしかった。ときには手を離すことも愛情だと私は思うわ」

その言葉を受けて、撫子も敦之たちに向き直る。

「お父さん、お母さん。ふたりが私を思って結婚をすすめてくれたことはわかっているし、感謝しています。だけど、私は自分が納得できるまで研究だけに集中したい。

あらためて、ローマで暮らすことを許してください」

敦之も美里も少し寂しそうに、でもとびきり誇らしげな顔でうなずく。

「あぁ、がんばれ」

「撫子なら大丈夫よ」

「――ありがとう」

こうして、すべての謎が解明された。

「あぁ、ようやく打ち明けることができて胸のつかえが取れたわ。すべてうまくいくと豪語したものの、本当にハッピーエンドを迎えられるか……さすがの私も気が気でなかったのよ」

大きく息を吐いた千香子を撫子がいたわる。

「本当にありがとう、おばあちゃま」

そのあとは、美里が葵と藤吾の結婚式の写真を持ってきたりして、みんなで和やかに談笑した。一時間ほどで、撫子がハンドバッグを手に立ちあがる。

「え、もう帰っちゃうの?」

葵が声をかけると、撫子は苦笑する。

「えぇ、明日も仕事でその準備があるの。そうそう、葵に大事なことを伝え忘れていたわ。結婚、本当におめでとう。絶対に幸せになってね」

「――うん。ありがとう、撫子」

撫子はにっこりとほほ笑んだ。

「せっかくの晴れ舞台を写真でしか見られなかったのは残念だけど、披露宴会場の雰囲気とか、ふたりにぴったりだったわ。自分のセンスを褒めたいくらい」

（……撫子らしくないと感じてはいたけど、最初から花嫁に私を想定していたからだったのね）

「ドレスのデザイン修正だけは間に合わないと思ったのに、なんとかしたのね。さすが藤吾くん！　葵のことになると一生懸命なんだから」

からかわれた藤吾は少し照れたように視線を外す。撫子は葵のおなかを見て、目を細めた。

「次に帰国するときは私もおばさんかぁ。あ、でもおばさんとは呼ばせないからね。撫子お姉ちゃんって呼んでもらうから」

「お姉ちゃんは図々しいだろ」

藤吾のツッコミにみんなの笑い声が響いた。

玄関で撫子を見送ったあと、葵は部屋に戻ろうとする千香子の背中に声をかけた。

「おばあちゃま！　その……」

「私の部屋にいらっしゃい。少しふたりで話しましょう」

この部屋に入るのは久しぶりだ。畳の香りのする和室には、千香子自身の手による見事な生け花が飾られている。座布団に正座をして、ふたりは向き合った。

千香子は葵の胸元に目を留めて言う。

「それ、よく似合ってるわ」

葵の胸元で光る紫の宝石は、千香子からプレゼントされたペンダントだ。

紫色は好きな色だし、身に着けているとよく褒められる。

「すごく気に入ってるの。本当にありがとう。おばあちゃまって、昔から私に似合うものを見つけてくれるのよね」

「そうね。見かけたとき、葵にぴったりと思ったのは事実だけれど……選んだ理由はそれだけではなかった。アレキサンドライトの石言葉を知っているかしら？」

葵は小さくうなずく。

「うん、お母さんから聞いた。秘めた思い、おばあちゃま自身のことだったのね」

本当はふたりの孫の幸せを願っている。それが千香子の〝秘めた思い〟だったのだろう。

千香子は目を細めてクスリと笑う。

「そろそろ、あの質問に答えてあげましょうか」

「あの質問？　あっ」

『撫子ばかりかわいがって、私のことは嫌いなんでしょう？』

以前に彼女にぶつけてしまった子どもじみた台詞を思い出し、葵は恥ずかしさに身を小さくする。千香子はきっぱりと言い切った。

「撫子も葵も、かわいいかわいい孫ですよ」

「うん。ごめんなさい、本当はちゃんとわかってた」

「ただね、葵はあまりにも私の若い頃にそっくりだから、ついつい口うるさくなってしまったのかも」

「おばあちゃまと私が似てる？　本当に？」

千香子は撫子のような、非の打ちどころのない令嬢だったのだろうと勝手に想像していた。

「ええ、嫌になるくらいそっくりよ。意地っ張りで、素直じゃなくて、不器用でね」

葵は悔しそうな顔で千香子を見つめる。

「でも、おばあちゃまのほうがずっと上手《うわて》だわ。今回の件の首謀者だとは想像もしていなかった」

千香子はいたずらっぽく片目をつむってみせた。

「かなりの荒療治だったけれど、効果は抜群だったでしょう」

（やっぱり、おばあちゃまにはかなわない）

千香子の部屋を出ると、廊下で藤吾と美里が待っていた。美里が葵に聞く。

「葵はどうするの？　いつまでうちで暮らすつもり？　体調が優れないっていうのは嘘なんでしょう」

「あ、えっと」

葵の言葉を遮って、藤吾が答える。伸びてきた彼の腕が葵の肩を抱く。

「連れて帰ってもいいですか？　俺が寂しいので」

「もちろん」

美里はクスクスと笑いながら、釘を刺す。

「次はちゃんと予定どおりの里帰りにしてちょうだいね」

帰宅したマンションのリビングには、脱いだままの藤吾のパジャマがソファの上に放置されていた。普段から片づけをきっちりしている彼に、こういうことは珍しい。

(私のせい、だよね)

葵がいなくなったことに取り乱したのだろう。申し訳なさにシュンとなる。

「えっと、片づけるね」

荷物を置いた葵がせかせかと動き出すと、藤吾は無愛想な声でそれを制す。

「あとでいい」

「じゃ、じゃあお茶でも入れる！」

今度は止められなかったので、葵はキッチンに足を向けた。

電気ケトルのなかでお湯がグツグツと沸騰する。ガラスのポットにハーブティーの茶葉を落とすと、ふわりとしたいい香りが辺りに広がる。いつもはこの匂いにホッとするのだが、今の葵にそれは許されていない。後ろからものすごい圧を感じる。

ふたつのティーカップにお茶を注ぐと、それを藤吾の待つダイニングテーブルへと運ぶ。憮然とした表情の彼の前におずおずとカップを差し出す。

「藤吾もたまにはハーブティー飲んでみない？　イライラ解消にも効果的だよ」

「誰のせいだよ」

ぐうの音も出ない正論に、葵は言葉を詰まらせる。もっとも、彼の怒りがそう簡単に静まりはしないのも当然なので甘んじて受け止めるしかないだろう。

藤吾の向かいに座ると、彼の目をじっと見つめて謝罪する。

「本当にごめんなさい。ひとりで勝手に空回りして」

「これ以上はないってほど、愛していると伝えたつもりだったのに……まだ信用されてないとはね」

藤吾の瞳で怒りの炎が揺らめいているのが見えた。

「ごめん。どうしても、撫子にはかなわないって気持ちが消せなくて」

ふたりは年子の姉妹だったから、どうしたって比較された。葵のほうが得意なこともあったけれど、〝女性らしさ〟で撫子にかなうものはひとつもなかった。

葵が藤吾への恋心を自覚するのに時間がかかったのは、単純に鈍いからという理由もあるが……おそらくそれだけじゃない。

(試合に出なければ、負けることもないから)

恋愛を遠ざけたのは、コンプレックスから自分を守るための策だったのだ。

「それに、藤吾は撫子にだけはやっぱり特別に優しかったじゃない」

あれが葵の勘違いだとはとても思えない。藤吾は少し言いにくそうに口を開いた。

「それは……撫子の腕の傷は俺のせいだから――」

あの事故のとき、彼が自分を守ってくれていたなんて初めて知った。

「そうだったの？　たまたま私が藤吾を下敷きにしたんだと思ってたのに」

「撫子のほうが危ない位置にいたのに……俺は葵だけをかばった」

（それをずっと気にしていたんだ。正義感の強い藤吾らしいな）

「でも、もう気にするのはやめる。撫子とも約束したしな」

藤吾はフッと笑って、席を立つ。

「葵に見てほしいものがあって、本庄家に行く前に実家に寄ってきた」

藤吾は部屋の隅に置いた自分のカバンを葵の前まで持ってくる。葵は立ちあがり、それを受け取る。

（藤吾にしては大きいカバンだなと思ってたけど、なにか持ってきたの？）

「見てくれるか？」

「うん」

葵はカバンを椅子の上に置き、ファスナーを開ける。中身は雑多だった。ごく普通のシャープペンシルやら古い手袋やら、キャラクターの描かれたメッセージカードやら。包装紙やリボンも丁寧に畳まれ、収納されている。

「見覚えない?」

そう言われて、やっと気がつく。ちょっとまぬけな顔の猫は葵が初等部のときに大好きだったキャラクター、ブルーのシャープペンシルは『このメーカーのペンでテストを受けるといい点が取れる』とうわさになったものだ。

「もしかして、これ全部、私からの……」

ここにあるものは、すべて葵が藤吾に贈ったものだ。プレゼントと呼べるほど立派なものでもない、授業中に回したちょっとしたメモまで、彼はずっと持っていてくれたのだろう。

「俺の宝物。一生、誰にも見せないつもりだったのにな」

屈辱だと言わんばかりに藤吾は顔をしかめる。彼は葵との距離をさらに詰めると、彼女の顎をすくう。

「これでも、伝わらないか? 俺が長い間、誰を思い続けてきたか」

切実な声で、祈るように藤吾は告げる。

「記憶力がいいわけじゃない。覚えているのはお前のことだけだ。なんでもない日でも、葵が隣にいた時間は俺にとっては特別だから。忘れたくても、忘れられない」

「藤吾……」

こぼれそうになる涙をこらえようと、葵の顔がグニャリとゆがむ。

「俺の花嫁は最初から葵だけだ。いつになったら、理解するんだよ」

からかうような瞳で藤吾が笑む。いろいろな感情が胸に迫って、声が出ない。

言葉の代わりに、葵は藤吾の背中に腕を回してギュッと抱き締めた。それだけで、あふれ出る思いはきっと彼に伝わるはず。

藤吾の唇が優しく頬に触れ、柔らかな舌が流れる涙を舐め取った。

「まぁいいか。葵がわかってくれるまで、何度でも言うから。——愛してる、葵」

ゆっくりと唇が重なる。このとき、葵はようやく身代わり花嫁の役を終えたような気がした。今この瞬間から、彼の本物の花嫁になる。

気持ちを確かめ合う長いキスを終えると、藤吾は怒りとあきれの混じった顔で大きく肩を落とした。

「とはいえ、少しは反省もしろよ。今朝、葵の姿が消えていて……俺がどんな気持ちになったか」

苦しげな彼の声に、罪悪感が押し寄せる。

「ごめん。本当にごめんなさい」

コツンと額をぶつけて、藤吾はフッといたずらな笑みを浮かべた。

「許してほしい？」

「うん、もちろん」

葵はコクコクと首を縦に振る。

「なら……これから毎朝、毎晩、俺に『愛してる』って言え」

「えぇ!? それは、でも」

勢いでは言えても、あらためて頼まれると気恥ずかしい。アワアワする葵の耳元で、悪魔がささやく。

「ふぅん。葵の俺への気持ちはその程度ってことか」

「違うから！ わかりました、約束する。でも……明日の朝からね」

視線を泳がせつつ最後の台詞を口にすると、葵を抱く藤吾の腕に力が込められた。

「そんなの許すはずないだろ。今夜からだ」

救いを求めるような目で彼を見あげるが、藤吾は頑として譲る気はなさそうだ。そもそも、どう考えても折れるべきは葵のほうだろう。覚悟を決めて、口を開く。

「愛してる、藤吾」

「もう一回」

藤吾は頬ずりするように顔を寄せ、甘くほほ笑む。

「愛してる、藤吾が大好き」

涙があふれて止まらなかった。グシャグシャに崩れた顔で葵は何度も彼への愛をささやく。ふたりの愛が永遠になることを願いながら。

「俺も。いや、俺のほうが何倍も葵を愛してるよ」

熱い吐息が混ざり合う。どちらからともなく、それは深いキスに形を変えた。

彼の胸に包まれていると、おなかにポコンという小さな衝撃があった。なかでなにかが動いたような初めての感覚だ。

「と、藤吾！　今、赤ちゃんが動いたかも！」

「え？」

「あ、また！」

ポコポコと動いているのが、さっきよりはっきりと感じられた。初めての胎動は想像以上に感動的で、葵は喜びをかみ締める。藤吾と気持ちを確かめ合えたこの瞬間に、というのも感慨深いものがある。

藤吾も同じことを思ったのか、優しく口元を緩めた。

「よかったねって言ってくれてるのかもな」

「うん！　あ、でも、ママを取らないで～って抗議かもよ。動き方がやんちゃな感じ

「だから、男の子かなぁ」

クスクス笑って葵が言うと、藤吾も穏やかな笑みで返す。

「葵に似た元気な女の子が、パパを取らないでって言ってる可能性もあるな」

「それもありそう！　来週に健診があるから、もしかしたらそこで判明するかもよ」

「男でも女でも、とにかく生まれてきてくれる日が楽しみだ」

藤吾の言葉に葵も同意して、おなかを撫でた。

（パパもママも、君に会える瞬間を心待ちにしてるからね）

終章

日曜日の正午。ふたりの結婚式から季節は一巡し、けぶるような雨と紫陽花のシーズンがまた訪れていた。けれど、一年前とはなにもかもが大違いだ。葵の姓は東雲となったし、三月生まれのふたりの愛娘、桃《もも》は生後三か月になった。ぱっちりした二重瞼は葵似で、ツンとした鼻は藤吾にそっくりだ。元気いっぱいの赤ちゃんで片時も目を離すことができない。

「ふぇ～ん、ぎゃあ～」

この小さな身体のどこからこんな声が出てくるのだろうと、不思議に思うほど大きな泣き声が今日もリビングに響き渡る。

「え～。なんで泣くの？　ミルクは飲んだばかりだし、オムツもまだぬれてないよ」

こちらのほうが泣きそうだという顔で、葵は腕に抱いた桃の顔をのぞき込む。

「これじゃダメか？　ゆうべはこれで機嫌直ったよな」

藤吾が彼女のお気に入りのおもちゃを次々と出してくるが、どれも効果はなく、桃は真っ赤な顔で火がついたようにわめいている。小さな子どもを相手に大の大人がふたりそろってオタオタする姿は、はたから見ればさぞかし滑稽《こっけい》だろう。

「まぁ、いいか。休日の昼間だしね、気が済むまで泣いたらいいよ」

防音のしっかりしたこのマンションに感謝だ。諦めて全面降伏するという選択を覚えたのは、つい最近のこと。これのおかげでずいぶんと気が楽になった。

ダイニングテーブルに食べかけのまま放置されているうどんの味は、どんどん落ちていくだろうが仕方ない。

(カップラーメンでいいから、座ってゆっくり味わいたいなぁ)

同じ悩みを、子育てのただなかにいる世界中の母親たちが抱えているのだろうかと思うと、なんだか笑えてくる。

「葵、先に食べていいぞ。桃は俺が抱っこしておくから」

「いいの?」

藤吾の申し出に葵が目を輝かせると、彼は軽く肩をすくめてうなずいた。

「俺は平日の昼にゆっくり食事できるし」

仕事の合間にかき込むランチタイムが、今となってはずいぶんと贅沢《ぜいたく》で優雅なものに思える。『育児休暇で少しはのんびりできるかも』と甘いことを考えていた数か月前の自分に、説教してやりたい気分だ。

「じゃあ、遠慮なく」

葵は桃の世話を藤吾にバトンタッチすると、ぬるくなってしまったうどんに箸を伸ばす。桃はしばらくギャーギャーと泣いていたが、テレビから流れてきたバラエティ番組がお気に召したようでピタリと静かになった。

「この番組、録画しておいたほうがいいかな？」

「けど、明日も気に入るとはかぎらないぞ」

たしかに桃は気まぐれで、彼女の心のうちは誰にも読めない。だが、彼も葵と同じことを思ったのだろう。テレビの前で立ったまま桃を抱いている藤吾が、葵のすぐ近くにあるリモコンに視線を向ける。

「あさってにまた気に入るかもしれないな」

クスクスと肩を揺らしながら、葵はリモコンを操作し録画ボタンを押した。

桃のいる毎日は慌ただしく、大変で……だけど、ふとした瞬間に『あぁ、なんて幸せなんだろう』と感動に近いような気持ちを抱く。大好きな藤吾と大切な桃、ふたりと過ごす時間が宝物であることを葵はちゃんと知っている。

「桃が産声をあげた瞬間、藤吾、泣いてたよね」

葵が話を振ると、藤吾は気恥ずかしそうに視線をさまよわせた。

「長い付き合いだけど、藤吾が人前で涙を流すところは初めて見たな」

あの瞬間を思い出すように、葵は軽く目を伏せる。

葵のほうは想像以上に長引いたお産の疲労で、放心状態だった。だから藤吾の涙を見て、やっと我が子の誕生を実感したのだ。

「あのときね、藤吾と夫婦になれてよかった。藤吾の子を産むことができて幸せだなって思ったんだ」

花がほころぶように、葵はふんわりとほほ笑んだ。それを見た藤吾は慈しむように目を細めて言葉を返す。

「葵がずっとそう思い続けてくれるように、葵と桃を幸せにする。約束だ」

「うん！」

ちょうどそのとき、テーブルの上の葵のスマホから音楽が流れ出した。

「あ、撫子だ」

海外とも交流可能なビデオ電話アプリが撫子からの着信を知らせてくれる。

「は〜い」

葵は通話ボタンを押し、元気な声で答える。ろくに化粧もしていないが、相手は撫子なのでまぁいいだろう。

『葵、元気？』

画面の向こうで撫子が手を振っている。ローマは今何時だろうか。きっとこちらの時間に合わせて連絡をくれたのだろう。

「うん、元気だよ。撫子は？」

『最近はね、あちこち飛び回っていて久しぶりにローマに戻ってきたところよ』

彼女は考古学研究者として、充実した日々を送っているようだった。

『桃ちゃんは？　顔を見せてよ』

撫子が急かすので、葵は藤吾と桃を呼び寄せた。藤吾の胸に抱かれた桃を見て、撫子はフニャリと相好を崩す。

『はぁ～癒やされる。本当にかわいい、さすが私の姪《めい》っ子だわ！』

伯母馬鹿という言葉があるのかは知らないが、撫子はすっかり桃にメロメロの様子だ。

『お父さんたちは元気にしている？』

「うちの両親はあいかわらずよ」

敦之は研究の日々、美里は料理の腕前をあげることに熱心だ。

「おばあちゃまもね。桃に茶道と華道と日舞を叩き込むまでは元気でいないとって、ものすごく張りきってる」

『おばあちゃまらしいわ。桃ちゃんも苦労するわね』

「和樹おじさまは政界でがんばっていて、おばさまはそれを支えてる。ね、藤吾」

隣の藤吾に視線を送りながら言う。和樹は法曹界以上に政界の水が合っていたようで、とても精力的に活動している。もともと優秀な人だから、閣僚入りも夢ではないかもしれない。

藤吾はややうんざりした表情でぼやく。

「おかげで、東雲パートナーズ法律事務所のほうは俺に丸投げだけどな」

和樹不在の穴を埋めるため、藤吾は勤めていた事務所から東雲パートナーズ法律事務所に転職していた。すでにパートナー弁護士となっているので、これまで以上に多忙な日々を送っている。

『葵も落ち着いたら、職場復帰するの？』

「うん、桃が一歳を過ぎて保育園に入れたらね」

仕事と育児の両立には不安しかないが、早智という頼もしい先輩がいるので自分もがんばってみようと思っていた。

「撫子も元気そうで安心した」

葵が言うと、撫子はにんまりとした笑みを見せる。

『うふふ、ちょっと報告があってね』

もったいぶるような口調で言う。

「なに、楽しい話？」

『実はね、恋人ができたの』

そう宣言した彼女の隣に、背の高い外国人男性が映り込む。髪の毛も瞳もクリクリしていて陽気なラテンオーラにあふれた男性だった。

『はじめましてー。カルロです』

片言の日本語で言って、彼はぺこりと頭をさげた。とても大きな身体なのに、かわいらしい雰囲気の人だ。こうして並んでいると、撫子とはお似合いだった。

撫子は彼について、いろいろと話をしてくれる。職場の仲間で、撫子とはとても趣味が合うらしい。

「撫子のマニアックな考古学の話についてきてくれる相手はなかなかいないと思うから、大事にしてね」

少なくとも、葵はまったくついていけない。

『あら、葵に話している内容は全然マニアックじゃないわよ。考古学の世界はもっと奥深くて、ロマンに満ちているんだから』」

好きな研究の話をする彼女はとてもいい表情をしていた。

しばらく他愛ない話をしてから、ビデオ通話を終えた。スマホをテーブルに置いた瞬間、葵は「ああっ」と声をあげた。

「どうした?」

藤吾に尋ねられ、葵はポンと手を打った。

「カルロさん、ずっと誰かに似てるな～と思ってたんだけど、やっと思い出せた!」

「葵にラテン系の知り合いがいたか?」

藤吾はいぶかしげに首をひねる。

「ゴールデンレトリバーのリョウマだ!」

「は?」

困惑している藤吾に解説する。

「昔、お隣さんが飼ってた犬なの。優しくてかしこくて、私も撫子もすごくかわいがってたのよ」

リョウマという名は、隣のおじさまが幕末の英雄の大ファンだったことからつけられたそうだ。やっと思い出せてすっきりした顔をしている葵に、藤吾は苦笑して肩をすくめる。

「それ、撫子には黙っておいたほうがいいと思うぞ。失礼すぎるから」

「あ、そっか。そうだよね」

人のよさそうなカルロでも、犬に似ていると言われたら怒るかもしれない。葵はペロリと舌を出した。

ところが、それから四年後。結婚のあいさつでカルロと一緒に本庄家を訪れた撫子の第一声はこうだった。

「彼が恋人のカルロです。ほら、お隣さんが昔飼ってたリョウマを覚えてる？　そっくりだと思わない？」

番外編　マフラーは誰のもの

私立秀応院学園は目黒《めぐろ》区祐天寺《ゆうてんじ》に広大な敷地を有する名門校だ。同じ敷地内に、初等部から大学まであり、通うのは良家の子女ばかり。旧華族や伝統芸能の家系、祖父は大臣という子もいる。

男子は濃紺の詰襟、女子は同じ色のセーラー服がこの学園のトレードマークだ。登校時間になると、長い坂道に紺色の列ができる。生徒たちが向かうのは、大正時代に建てられた施設の一部がそのまま使用されている、クラシカルな洋館風の校舎だ。

葵もすっかり歩き慣れた坂道を元気にのぼっていた。胸元を飾る緑色のリボンは中等部の生徒である証だ。今春、高等部にあがれば、このリボンは水色になる。初等部の頃は赤だった。

「葵！　おはよう」

元気よく駆けてきて葵の背中を叩いたのはクラスメイトの『りっちゃん』こと山根《やまね》理子《りこ》だ。父親は映画監督、母親は舞台女優という芸能一家の娘で、本人もパッと人目を惹く華がある。彼女とは初等部の頃から仲良くしていた。

「おはよ、りっちゃん」

「今朝も寒いね～」

理子がはぁと吐いた息が、白く宙に浮かぶ。見あげた空はあいにくの曇り空で、太陽のパワーは期待できそうにない。それどころか、雨が降り出したらあっという間に雪に変わりそうなほど空気は冷え込んでいる。

「葵のマフラー、あったかそうね。どこの？」

アイボリーカラーのモヘアのマフラーは軽く暖かく、葵もお気に入りだ。

「えっとね、お母さんの手編みなの」

そう言うと、理子は目を丸くして驚いている。

「え～。売りものにしか見えない！　葵のママってほんと、良妻賢母を絵に描いたような人ね。うちのママはね、取れたボタンをつけ直すのすら近所のお店に頼むのよ。もったいないから最近は私がやってるけどさ」

「良妻賢母っていうか……うちのお母さんのは、ただの趣味だと思う」

美里はよい母親だが、料理や手芸に関しては完全に自分のためだろう。最近は家族の誰も好きではないタイ料理に凝っていて、正直少し困っている。

「葵のママに編みもの教室開いてもらったら、みんな喜ぶんじゃない？」

クラスの女子の間では今、編みものブームが起きている。都心の一等地だというのに、流行が三十年ほど遅れているのでは？とも思うが、この学園はある意味で浮世離れしているので、こういう現象はよくあることだ。

「それなら、撫子に頼めばいいかも。撫子も上手だから」

姉の撫子は母親似で手先が器用だ。すべてにおいておおざっぱな葵とは正反対なのだ。

「撫子さん、本当に素敵よね！　葵がうらやましい～。うちのダサい兄と交換してほしいよ」

昨年の中等部生徒会長を務めていた撫子は女子の憧れの存在だ。我が姉ながら、彼女は完璧なのでみんなの気持ちはよくわかる。

「りっちゃんは彼氏に手編みのなにかを贈らないの？」

もうすぐバレンタインデーだ。空前の編みものブームはそのせいでもある。理子は高等部の二年生と付き合っていて、初恋もまだの葵の目にはすごく大人びて見える。

理子は腕組みをして「う～ん」とうなった。

「迷ってるんだけど、手編みは逆に子どもっぽいかなって。ほら、渋谷《しぶや》に新しくできたセレクトショップがあるじゃない？　そこでなにか買うつもり！　葵、付き合ってくれない？」

「もちろん」

オシャレなメンズ向けの店で彼氏にプレゼントを買う。葵には未知の世界だが、幸せそうな理子の笑顔にこちらまでウキウキした気持ちになる。

（彼氏かぁ……いつか私にもできるかな？）

「葵は？　バレンタイン、誰かにあげないの？」

「え〜。私はお父さんと……藤吾かな」

それが毎年の恒例だ。理子は目を瞬いたかと思うと、プッと噴き出す。

「あんたたちって、仲がいいんだか悪いんだか、よくわからないよね！」

「仲はよくない。お父さんにあげるものをふたつ買って、ひとつ渡すだけだし」

頬を膨らませて、葵はぼやく。

（たしかに。なんで、毎年毎年、律儀《りちぎ》に藤吾にもプレゼントしてるんだろう）

冷静になってみると、変かもしれない。小さい頃からの習慣で、撫子も藤吾にあげているから……それだけの理由で、ずっと続ける必要はないだろう。

（もうやめる？）

自分にそう問いかけると、なんだか急に心にぽっかり穴が開いて、すきま風が通り抜けた。ふと気がつきかけた大事な気持ちから、葵はムキになって意識をそらす。

（バレンタイン気分を味わいたいだけだもん。別に相手は誰だって！）

「あ。うわさをすればね」

理子が前方を歩くふたりの男子生徒に目を留め、大きな声で呼びかけた。

「ゴンちゃん、藤吾くん！」

権俵《ごんだわら》という厳めしい名字があまり似合わない、ひょうきん者の少年と藤吾が振り返る。

「お～。おはよう」

言いながら、彼らは歩く速度を緩めて理子と葵が追いつくのを待ってくれる。四人は三年二組のクラスメイトだ。葵と藤吾が同じクラスになるのは、初等部からの通算で三回目だった。

「ゴンちゃん、春期講習なに取るの？」

「なにも取りたくないけど、親が申し込み済み。数学と英語」

「じゃ、私もそうしよっかな～」

理子と彼は同じ学習塾に通っている。ふたりは葵のわからない塾の講師の話で盛りあがりはじめたので、自然と葵は藤吾と並んで歩くはめになる。

「おはよ」

「……はよ」

長年見おろし続けてきた彼の顔が、今は葵より頭半分くらい上にある。その事実に、なんともいえない悔しさを覚える。声もグッと低くなり、顔つきも大人びてきた。最近は小難しい顔で考えごとをしているような時間も多く、葵の全然知らない男の子になってしまったように思える。

ビュービューと吹きつける北風に、ふたりはそろって首をすくめた。

「寒～い」

マフラーを口元まで引きあげて暖を取る。隣の藤吾は詰襟から首が露出していて、見ているだけで寒そうだ。

「あれ、マフラーどうしたの？」

いつもは濃いグレーのマフラーをしていたはずだ。

「何日か前の雨の日に、ぬかるみに落としてダメにした」

少し前に、ものすごい豪雨の日があったことを思い出しながら葵は「そっか」と答える。ふと思いついて、彼に聞く。

「あ、じゃあ今年のバレンタインはマフラーにしようか？」

バレンタインはなにも考えずにいつもチョコレートを選んでいたが、そもそも藤吾はあまり甘いものが得意じゃない。必要なものをプレゼントしたほうが喜ばれるかと思ったのだ。だが、そこではたと気がつく。

「でもバレンタインまでマフラーなしじゃ寒いか。帰りに適当にパッと買って、藤吾の家まで届けようか？」

バレンタインは二週間後だ。当日にこだわる理由もないだろうと思っての提案だったが、彼は首を横に振る。

「いいよ。当日まで待つ」

「え～。寒くない？」

「平気。だから……ちゃんと選べよな」

どこか拗ねたような顔つきで藤吾はぼやいた。葵が『適当に』と言ったことが気に食わなかったのだろうか。大人ぶっていても、まだまだ子どもだなと葵は笑った。

「了解！　大丈夫、藤吾の好みは把握してるつもりだから」

「どこがだよ。なんも知らないくせに……」

彼はふいと顔を背けてポツリとこぼしたが、葵の耳には届かない。

「え？　なにか言った？」

「別に」

その日の放課後、葵は理子の付き添いで渋谷のセレクトショップに行った。彼女のかたわらで、自分も藤吾のマフラーを探した。

「あ、これ素敵！」

シンプルな黒いウールのマフラーを手に取る。質がよいのだろう、ウール製品にありがちなチクチク感もまったくない。

「藤吾くんに？」

当然のように理子が言うので、葵は慌てる。

「聞いてたの？」

「うん。初々しいカップルみたいね～って、ゴンちゃんとニヤニヤしながらね」

笑う彼女に葵は顔をしかめる。

（藤吾と私はそんなんじゃないもん）

「でも、いいセレクトだと思うな。藤吾くん、絶対に黒が似合うもの」

センスのいい理子に太鼓判を押され、その気になる。だが、値札を確認して固まってしまった。予算よりゼロがひとつ多い。

「高いよ、買えない!」

「だってここ大人向けのお店だもん。私はちゃんとプレゼント貯金してたからね」

理子は得意げにそう言ったが、そもそも彼女とはお小遣いの額に大きな差があるように思う。葵は肩を落として、ため息混じりにぼやく。

「やっぱ近所の駅ビルで買うことにする」

理子はいたずらっぽい瞳で葵の顔をのぞき込む。

「手編みにすればいいじゃない！　受験のない私たちには、いくらでも時間があるんだから」

「えぇ!?　なんで私が藤吾なんかにそこまで……」

器用な撫子と違い、葵にとって手編みのマフラーは難関だ。

「だって、バレンタインにマフラーって定番だし、藤吾くんなら捨てるほどもらえると思うよ。ちょっと特別感出したほうがよくない？」

「そっか。私があげなくても誰かにもらうのか！　じゃ、私はいつもどおりチョコにしようかな～」

「えぇ？　なんでそこで身を引いちゃうのよ」

その夜。ずいぶん迷ってから、美里に尋ねた。

「マフラー？　あぁ、学校で流行ってるんだってね。撫子から聞いたわ」

「うん。難しい？　時間かかるかな？」

バレンタインに間に合わないなら意味がない。そう思って、美里にリサーチしてみることにしたのだ。

「一番簡単なものなら、毎日二時間も編めば一週間でできるわよ。初心者の葵なら十日は見たほうがいいかもしれないけど」

「十日かぁ」

がんばればギリギリ間に合いそうだ。

「教えようか？　手編みって、意外と市販品より丈夫で長持ちするのよ」

本当に藤吾にプレゼントするのだろうか。自分でも半信半疑ながら、「お願いします！」と美里に頭をさげた。

それから毎日、少しずつ編み続けているのだが……。

日曜日の午後。今日の先生は美里でなく撫子だ。ふたりは葵の部屋のベッドをソファ代わりにして並んで座っている。

「葵〜。お客さんよー」
階下から美里の声が届く。理子が貸していた漫画を返しに来ると言っていたので、

(やっぱり諦めて買ったほうがいいのかも)

どう見てもクオリティが低く、葵のテンションもさがっていく。

撫子の去った部屋で黙々と毛糸と格闘するが、先生がいなくなったあとの作業分は

「大丈夫。少しはひとりでやってみる!」

「私、そろそろ出かけるけどお母さんを呼んでこようか? ひとりで大丈夫?」

り美里と撫子の合作というほうが正確だ。

撫子は慰めてくれるけれど、半分まで完成した黒いマフラーは葵の手編みというよ

「そんなことないわ。初日に比べたら大進歩」

「あ〜。どうしてこんなに上達しないのよ!」

鳴らしながら唇をとがらせた。

撫子が葵の手から編み棒を取りあげ、上手に修正してくれる。葵は首をコキコキと

「ほら、貸してごらん」

「え? どこ、どこ?」

「あ、また目が飛んでるわよ」

おそらく彼女だろう。部屋の扉を開け、顔だけ出して大きな声で返事する。

「部屋まであがってもらって～」

(手編みは諦めるべきか、りっちゃんに相談しよう！)

そう決意したところで、トントンと部屋の扉がノックされた。

「りっちゃん、聞いてよ～」

そう呼びかけた葵の声に、想定外の声が重なる。

「葵？　入るぞ」

(嘘！　藤吾？)

声の主は理子ではない、藤吾だ。とっさに編みかけのマフラーを大きなクッションの下に隠す。と同時に、彼が扉を開けて入ってきた。

「と、藤吾！　どうしたの？」

「あぁ。前に貸してって頼まれてたＤＶＤ、持ってきた」

藤吾はベッドの上にそのケースを置く。観たかったのに映画館に行くタイミングを逃してしまったハリウッドの大作映画だ。葵はさっと手を伸ばし、それを引き寄せる。

「あ、ありがと。これ、観たかったんだよね」

動揺から声が裏返る。妙な間が流れたあとで、藤吾が言った。

「編みもの、葵もやってるんだ」

「えぇ？」

隠したはずなのに、どうしてバレたのだろう。

「それ、編みものするやつだろ」

彼の視線を追うと、クッションの下から長い編み棒がのぞいていた。

「あぁ。うん、まぁ」

曖昧な笑みでやりすごそうとしたが、通用しなかった。

「なに作ってんだ？」

藤吾がひょいとクッションを持ちあげてしまったからだ。撫子作のところと葵作のところの落差の激しいマフラーを彼は凝視している。

「マフラー？　これ、もしかして俺に？」

「違うよ！」

彼の問いかけを遮って葵は鋭く叫ぶ。

（こんな下手くそなの、プレゼントって言えるわけない！）

「藤吾のは、もう買ってあるから」

唇を引き結んだ、不機嫌な顔で藤吾は聞く。

「じゃ、誰の？」

「えっと、その」

必死に思考を巡らせる。ようやく思いついた言い訳は、あまり良案ではなかった。

「神崎《かんざき》先生！　先生にあげるの」

国語教師の神崎は学園には珍しい若手教師で、爽やかなので女子に大人気なのだ。

葵は別に好きでも嫌いでもなかったが、特定の男子生徒をあげるよりはマシな言い訳だと思ったのだ。

「ふぅん。葵もあいつのファンなの？」

「う、うん！　優しいし、かっこいいし」

そう言うと、藤吾は途端に意地悪な顔になって葵のマフラーを持ちあげた。冷たい目でジロジロとマフラーを見ている。

「この下手くそなとこだけ、葵作だな」

「うっ」

撫子と美里に手伝ってもらっていることをあっさりと見破られてしまった。屈辱に唇をかむ。藤吾はフッと冷めた笑みを浮かべて、こちらを見た。

「悪いこと言わないから、全部撫子に任せたら？　そのほうが神崎も喜ぶだろ」

その言葉は、葵の胸の柔らかな部分をグシャグシャに踏みにじった。不器用なりにがんばった時間を全否定されたような気持ちになる。

(そんなの、言われなくてもわかってるし……)

涙があふれそうになるのを、なんとかこらえる。傷ついた顔を藤吾に見せるのだけはごめんだ。葵は精いっぱいの強がりで彼に笑顔を見せる。

「藤吾もそう思う？　私もそろそろその作戦でいこうと思ってたんだ！」

「賢明だな。だから、これは俺に……」

藤吾の言葉を最後まで聞かずに、葵は彼の前をすり抜けて部屋の扉に手をかける。

「おなか空いたから、お母さんの自信作のアップルパイ持ってくる！　ちょっと待っててて」

「え、あぁ」

振り返らずに部屋を出る。パタリと閉まった扉を背に、葵はこぶしを握り締めた。

(やっぱり藤吾なんて大嫌い！　予算三千円だったけど、千円にしてやる！)

結局、編みかけのマフラーはそのまま葵のクローゼットの奥に封印され、藤吾には駅ビルで叩き売りされていた千五百円のマフラーを買った。

「謙遜でなく正真正銘の安物だけど。はい、どうぞ」

「サンキュー」

受け取った藤吾は早速包みを開け、首に巻いた。

「いいじゃん、シンプルで」

ざっくりとした黒いニットマフラーは彼がつけると、すごく上等な品に見える。楽しげに口元をほころばせている彼を、恨みがましい目で見つめた。

（似合ってるのが、またむかつく！）

その後何年も、彼はこの安物のマフラーを愛用し続けていた。けれど、葵はその理由を考えようともしなかった。

＊　＊　＊

あれから十数年の時を経て、夫婦となったふたりは娘の桃を連れて本庄家に遊びに来ていた。ハイハイができるようになった桃は葵の部屋を縦横無尽に動き回っている。

「藤吾。桃が危ないもの口に入れないように見張っててね」

「了解。葵はなにを捜してるんだ？」

クローゼットをひっくり返している葵の姿に、彼は怪訝《けげん》そうに首をかしげた。

「子どもの頃のアルバム！　撫子がカルロさんのご両親に見せたいんだってさ」

長年放置されていた段ボール箱を開けてみると、目的のもの、ピンクの背表紙のアルバムが見つかった。

「発見！　よかった～」

撫子が喜ぶ顔を想像して葵はほほ笑む。ふと、箱のなかに視線を移せば、なにやら懐かしいものがたくさんあった。初等部の頃の通知表にバスケ部の都大会優勝メダル、そして——。

「あはは。すごく懐かしいものが出てきた！」

葵はそれを取り出して立ちあがると、藤吾に見せつける。

「藤吾の記憶力でも、これはさすがに覚えてないよね？」

すっかりボロボロになった毛糸の塊を前に、彼は目を瞬いた。

「これね～」

葵が種明かしをしようとすると、藤吾が言った。

「名前忘れたけど、女子に人気だった国語教師にあげるって葵が編んでたやつだろ。結局、あげなかったのか？」

またしても驚異的な彼の記憶力に舌を巻く。そして、クスリと笑って話し出した。

（まぁ、今さら意地を張ることもないか）

「私、あの先生のファンでもなんでもなかったよ」

頭のなかを疑問符でいっぱいにしている藤吾を上目遣いに見あげた。

「本当は藤吾にあげるはずのものだったの」

藤吾がひどいことを言ったから、このマフラーはお蔵入りになったのだ。そう告げると、彼は大きく肩を落としてうなだれた。想像以上の反応に葵のほうが慌てる。

「えっと、もう怒ってないし。そんなに気にしなくても」

他愛ない笑い話じゃないか。葵がそう言って励ますと、彼はゆるゆると首を横に振る。当時の葵を傷つけたことを後悔しているのかと思いきや、そうではないらしい。

「じゃ、なにをそんなに落ち込んでるの？」

「あのとき失言してなければ、葵と制服でデートしたり、卒業式で一緒に写真撮ったりできてたのかと思うと……悔やんでも悔やみきれない」

葵はプッと噴き出す。

「なによ、それ。というか、写真は普通に撮ったじゃない」

「カップルとして撮るのとは、全然違うだろっ」

そこで、桃が藤吾に同意するような声をあげた。

「あ～う！」

「ほら。桃だってそう思うよな～？」

藤吾は勝ち誇ったような顔だ。

「違うよね～、桃。パパの自業自得って言ったんだよね」

クスクスと笑いながら、考えてみた。もしあの日の藤吾の反応が違ったら、自分たちの関係に変化はあったのだろうか。

葵は色恋に疎かったし、意地っ張りだから、結局はなにも変わらなかった気もする。

いや、藤吾があそこで『下手くそでもうれしいよ』くらいの優しい言葉をくれていたら、さすがの葵も淡い恋心を自覚しただろうか。

藤吾に腕を引かれ、葵の身体はすっぽりと彼の胸のなかにおさまった。

「藤吾？」

「まぁ、いいか。選べなかったほうの未来は来世の楽しみに取っておくことにする」

「来世って……そんなファンタジーなこと言い出すキャラだったっけ？」

藤吾は葵の顎をすくいあげ、グッと顔を近づける。

「そうだよ。何度生まれ変わっても、葵はずっと俺のものだから。覚悟しておけよ」

「藤吾ってば。桃の前だから……」

「少しだけな」

甘やかな唇がゆっくりと重なる。今世も来世もその先も、何度でも彼に恋をする。

そう確信して、葵はそっと目を閉じた。

番外編　同窓会の夜は

その招待状が届いたのは、桃が二歳の誕生日を迎えてすぐのことだった。赤ちゃん時代の夜泣き癖が嘘のように早寝早起きになった桃は、夫婦のベッドの真ん中でスヤスヤと眠っている。

「高二のときのクラスの同窓会だって。藤吾にも届いてるよ」

パジャマ姿で寝室に入ってきた藤吾に、葵は二枚のハガキを見せる。高等部二年のとき、ふたりは同じクラスだったのだ。ハガキに目を通した彼は、会場となるホテル名を見て少し驚いたようだ。

「ずいぶん豪華だな」

初等部からほとんど顔ぶれの変わらない学園なので、同級生の結束は固い。卒業してからも定期的に集まってはいたが、会場はせいぜい〝ちょっといいレストラン〟程度だった。高級ホテルの宴会場を借りてというのは珍しい。

「担任だった藤倉《ふじくら》先生が定年なんだって。だから盛大にってことみたい」

「なるほどね」

「どうする？」

期待を込めた目で彼を見た。藤吾は桃に視線を向けながら答える。

「土曜の夜か。どちらかの両親に桃を頼もうか。どっちもダメだったら、俺は桃と留守番するから葵が参加しろよ」

葵が楽しみに思っていることを察したのだろう、彼はそんなふうに言ってくれた。

「ありがと。でも、一緒に行けるといいな」


三月下旬の土曜日。

藤吾の両親がこころよく桃の世話を引き受けてくれて、ふたりはそろって同窓会に出席できることになった。葵は春らしいミモザカラーのロングドレス、藤吾はライトグレーのスーツ姿だ。

「オシャレするの久しぶり！　ヒールの高い靴もいつ以来かな？」

華奢なハイヒールのオープントゥパンプスにおぼつかない足取りをしていると、藤吾がそっと腰を支えてくれた。

「転ぶなよ」

「うん」

葵は花のような笑みを向ける。

(同窓会もだけど、藤吾とふたりでお出かけがうれしいな)

桃が生まれてからはふたりで出かける機会がめっきり減っていたから。

週末なだけあって、ホテルのロビーはそれなりのにぎわいを見せていた。圧倒的にマダムのグループが目立つが、若いカップルの姿もある。

腕を組み、幸せそうにほほ笑み合う男女がブライダルサロンから出てくるところだ。打ち合わせ終わりだろうか。サロンの前には、ゴージャスなウェディングドレスを着たトルソーが立っている。

(結婚式、懐かしいな。あのときは藤吾と本物の夫婦になれるとは思ってなかった)

葵が昔を思い出しほほ笑んでいると、隣の藤吾が「げ」と不快そうな声をあげた。

「どうしたの?」

「ちょっと仕事の電話。癖の強いクライアントで……悪いけど先に行っててくれ」

「わかった」

藤吾は葵から離れ、電話に応答する。難しそうな彼の顔つきから、その電話が長引くであろうことを察した。彼の言うとおり、先に会場に向かうことにする。

三階の小宴会場『カトレア』には、すでになじみの顔が集まっていた。葵が部屋に入るなり、理子が駆け寄ってくる。

「葵～。久しぶり！」

「りっちゃん」

ふたりはおおげさに喜び合うが、考えてみればそう久しぶりでもない。数か月前に子連れランチをしたばかりだった。

「あれ、旦那は？」

葵がひとりなことに気がついた彼女が、キョロキョロしながら尋ねた。

「今、仕事の電話中」

「あいかわらずの仕事人間ね、藤吾くんは」

「桃が生まれてからはマシになったけどね～」

ふたり目を妊娠中の理子は、はち切れんばかりに大きなおなかを抱えている。

「あとひと息でやっと産休に入れるのよ～」

ホッとしたように理子は表情を緩めている。妊婦の身体で上の子の世話をし、仕事もこなすのは相当にハードらしい。話を聞いているうちに葵はびびってしまった。

「そうなんだ～。子ども、もうひとりくらい欲しいなって思ってるけど、それを聞くと勇気が出ないかも」

「もうさ、勢いが大事よ！　考えはじめたら、結婚も出産も無理よ、無理」

彼女らしい発言に笑ってしまった。ちょうどそのとき、会場の入口近くでどよめきが起きた。理子は笑って、後方を振り返る。

「この騒ぎっぷりは、あんたの旦那の登場じゃない？」

理子につられて、葵も振り向く。だが、みんなの輪の中心にいたのは藤吾ではない。緩く巻かれたロングヘアに淡いピンクのワンピースがよく似合う美女。

「あぁ！　久世さん」

葵と理子は同時に声をあげる。一瞬わからなかったが、よく見れば当時の面影がしっかりと残っている。このクラスで間違いなく一番モテていた久世佳乃は、クラス替えを待たずに転校してしまったのだ。引っ越し先はドイツだったと記憶している。ふたりも佳乃を取り囲む輪に加わった。

「わぁ～本庄さんだ。懐かしい！　元気だった？」

「うん。久世さんも、日本に帰ってきてたの？」

「えぇ、最近ね」

ふと、彼女の白く美しい手が目に入った。薬指にプラチナのリングがきらめいている。葵の視線に気がついた佳乃は照れくさそうに笑う。

「実は半年前に結婚したばかりなんだ。今は久世じゃなくて、今泉《いまいずみ》になったの」

「おめでとう！　でも、やっぱり癖で久世さんって呼んじゃうな」

「もちろん久世でいいよ。――だって、お互いさまでしょう？」

葵の左手薬指に視線を落としながら、佳乃はほほ笑む。

「あ、うん。実は私も」

佳乃は茶目っ気たっぷりに瞳を輝かせた。

「本庄さんの新しい名字、当ててみせようか？」

「え？」

葵が目を丸くすると、彼女はにんまりと口角をあげる。

「東雲さん。――正解でしょ」

「え……誰かから聞いてた？」

困惑気味に聞くと、佳乃はフフンと得意げな顔をしてみせる。

「誰からも聞いてない。けど……私は彼の一途なところに恋したんだもの。東雲くんは絶対に本庄さんを諦めたりしないだろうなって」

「え、えぇ～」

葵自身は知らなかった藤吾の気持ちを彼女は知っていたのだろうか。葵がオタオタしはじめると、近くにいた理子が冷めた声でツッコミを入れる。

「ていうかね、葵以外は全員、本当に全員、知ってたから」

同調して佳乃もコロコロと笑い出す。

「不憫だったよねぇ、東雲くん。同情から恋に落ちた、私みたいな子も多かったと思うな」

「じゃ、藤吾くんのモテの半分は葵のおかげか！」

「言いたい放題だな」

葵の背中にあきれ果てた声が届く。

「藤吾！」

振り返ると、目の前に不機嫌そうな彼の顔があった。

「おつかれ、藤吾くん」

「久しぶり、東雲くん」

あいさつをする理子と佳乃に藤吾は仏頂面で会釈を返す。

理子が佳乃に聞く。

「久世さん、二次会は？」

「参加するつもり」

「私も～。ふたりは？」

理子は葵たちに顔を向ける。

「桃ちゃん、今晩は実家なんでしょ」

彼女の言うとおり、桃は明日の午後に藤吾の両親がマンションまで連れてきてくれる約束になっていた。

「う～ん」と考え込みながら、藤吾をうかがう。

「どうしよっか。たまには夜遊びも楽しいかな？」

「行かない」

藤吾の返答は短く、そっけない。

「え、藤吾は帰るの？　理子と久世さんが参加するなら、私は――」

すっかり二次会に乗り気になった葵の言葉を遮って、藤吾は彼女の肩を抱く。

「葵も不参加」

「わ～。横暴な夫！　最低！」

理子が茶化すが、藤吾は涼しい顔だ。葵はまじまじと彼を見つめ、聞く。

「そんなに急いで帰る理由あった？」

葵が忘れているだけで、なにか約束でもあっただろうか。が、彼の答えは予想外のものだった。

「今夜、ここに部屋取ってるから」

「え？」

葵の声をかき消す勢いで理子が叫ぶ。

「えぇ～。なになに？　同窓会よりふたりでゆっくり過ごしたい的な？　薄情者～」

「当たり前だろ」

藤吾がニヤリと不敵に笑むと、理子は両手をあげて降参のポーズを取る。

「ま、仕方ないか。ほかのやつならのろけるなって感じだけど……藤吾くんなら許せるわ。これまでの苦労を知ってるだけに」

「うんうん。報われてよかったね、東雲くん」

まるで子を見守る親のように感慨深げなふたりの様子に、葵は唇をとがらせる。

「ふたりとも、おもしろがってるでしょ」

「今頃気づいたの？　十年以上前から、楽しませてもらってたわよ」

楽しい笑い声は途切れることなく、いつまでも続いていた。

最上階の部屋に入るなり、藤吾は葵の背中を抱き締めた。長い指が頬をとらえて、そのまま唇を塞がれてしまった。熱っぽい舌が上顎をなぞり、縦横無尽に口内で暴れ出す。絡み合う舌の発する水音が、葵の身体に火をともす。

「あっ。待って」

わずかな隙に葵はようやく言葉を紡ぐ。

「このドレス、シワになりやすいからちゃんとしないと。それに、せっかくの豪華な部屋も堪能したいし」

部屋の奥の大きなガラス窓の向こうには、宝石を鏤《ちりば》めたような夜景が広がっている。子育てに追われている身としては、スイートルームなんてたまの贅沢は思いきり満喫したい。彼とのスキンシップを期待する気持ちがないといえば嘘になるが、順を追って……というのが葵の思いだった。

藤吾はやや考え込んでから、フッと悪魔のような笑みをこぼす。

「いいよ。葵の要望を叶えてやる」

葵がホッとした瞬間、彼はドレスの背面についているファスナーに手をかける。

「え、きゃあ」

あっという間におろされ、ロングドレスがパサリと床に落ちる。お尻が隠れる丈のスリップ一枚になった葵の肌が羞恥に赤く染まる。

「な、なんで……」

助けを求めるように彼を見ると、藤吾はクスリと笑って答える。

「シワになるのが心配って言うから、脱がしただけだ」

彼は床に丸まったドレスを拾うと手早くハンガーにかけ、整えた。葵はバスルームに置いてあるはずのローブを求めて、そちらに逃げ込もうとしたが、彼の手で押しとどめられてしまった。

「ダメ。ほら、次は夜景だろ」

藤吾が部屋の照明を落とす。すると、窓の外がよりいっそう輝きを増した。きらめきと静寂が優しくふたりを包み込む。

彼の隣で見る景色は、どうしてこんなに綺麗なのだろう。葵の手を引き、彼は窓際へと進んでいく。

「好きなだけ見ろよ」

ガラス窓に両手をつかされるが、自身の格好が気になって夜景どころではない。この周囲では間違いなく最も高いところにある部屋で、誰かに見られる心配はないと頭では理解している。けれど――。

「こんな格好じゃ恥ずかしいから。なにか着させて」

震える声で訴える。が、藤吾はSっ気たっぷりにささやく。

「今から恥ずかしがってどうする？　これから、なのに」

「と、藤――」

「ほら、存分に堪能しろ。夜景も……俺もな」

言うなり、葵の唇を奪う。先ほどより、さらに熱く激しいキスに溺れてしまいそうだ。理性など、どこかに飛んでいってしまう気がした。

大きな手が、薄布ごしに乳房を揉みしだく。いつもより性急な彼の仕草に、葵の身体は熱を帯びていく。

するりと肩紐を落とされ、白いレースの下着があらわになる。藤吾はそれもぐいっとたくしあげると、柔らかな素肌に直接触れた。うなじにキスの雨を降らせながら、敏感な果実を爪弾いた。

「あんっ」

藤吾は葵の身体を回して自分のほうを向かせると、自身はゆっくりと頭をさげていく。ツンと上向いた頂をくわえ、舌で転がすようにかわいがる。

じっくりと攻め、葵の身体がとろけきったのを確認してから、ショーツの奥へと手を伸ばす。すでにしっとりとぬれた入口は、簡単に彼の指先を受け入れた。

「やっ、はぁ」

浅い呼吸は甘く、熱く……藤吾の指が隘路を押し開いていくたびに、葵は切ない声をあげる。

「んっ、ん～」

下唇をかみ、せりあがってくるなにかをこらえていると、藤吾が甘く耳打ちする。

「いいよ、我慢するな」

ふいに敏感な場所を強くつままれ、葵のなかでなにかが弾けた。頭から足先までを痺れるような快感が走り抜ける。

肩で息をする葵の頬を藤吾はペロリと舐める。好物を前にした獅子みたいだ。

「どうする？　続きはベッドに行くか」

「あ……」

とろんと溶けた瞳で彼を見る。胸のうちにある願望を知られるのも恥ずかしいが、同じくらいの重さで気づいてほしいと願っている。彼はもちろん、葵のそんな葛藤はお見通しなのだろう。意地悪な瞳で葵を見つめ返す。

「こんなところじゃ恥ずかしい……だろ」

葵は羞恥に身体を震わせ、うつむいた。が、彼は楽しげに笑うばかりだ。

「……ここで」

「ん？」

藤吾は顔を寄せ、極上の甘い笑みを浮かべる。

「上手にねだれたら叶えてやるから。ほら、言ってみろ」

すがるような瞳で彼を見あげ、消え入りそうな声でささやいた。

「ひとつになりたい。今すぐ、藤吾と……」

「よくできました」

幸せそうにほほ笑む彼が、ゆっくりとなかに入ってくる。優しく揺さぶられるたびに、窓の外で無数にきらめく光の粒も一緒に跳ねる。

「あっ……好き、藤吾が大好き」

「俺も。誰よりも葵を愛してるよ」

甘く、幸福な夜に、溶けていく――。

了

あとがき

この本をお手に取ってくださり、本当にありがとうございます。一ノ瀬千景《いちのせちかげ》と申します。こうして、マーマレード文庫の二作品目をみなさまにお届けできたこと、とてもうれしく思っています！

本作は一ノ瀬の好きなものを詰め込んだ作品です。幼なじみ、両片思い、素直になれないふたり……ただただ楽しんで書かせていただきました。

ヒロインの葵は久しぶりの強気なヒロインで、ヒーローに敬語ではないのも新鮮でした。美人なのに、コンプレックスから恋愛は苦手。かわいい一面もたくさんあり、藤吾はそんなところに惚れ込んでいるのだと思います。

ヒーロー藤吾は片思いをこじらせている不器用男子。ラブシーンでのSっ気と、葵に対する純情ぶりのギャップを楽しんでもらえたらなによりです！

幼なじみものということで「藤吾は絶対に詰襟が似合う！」と妄想しながら、ふたりの青春時代のエピソードもたくさん書かせてもらいました。

そして、本作のキーパーソンである撫子。彼女のような、ちょっと報われないキャラが大好きなので最終的に素敵な恋人ができて本当によかったです。個人的には藤吾パパと千香子が一、二を争うお気に入りです。

どうか、本作のキャラたちが読者のみなさまにも愛してもらえますように！

カバーイラストは千波夕《ちなみゆう》先生が描いてくださいました。見るたびにニヤニヤしてしまう最高の表紙です。家宝にしたいと思っております！

たいへんお世話になった担当さまをはじめ、本書の刊行にたずさわってくださったすべての方にあらためて御礼申しあげます。

最後になりますが、本書を読んでくださったみなさまに心からの感謝を！

また次の作品でお会いできたら、うれしいです。

一ノ瀬千景

マーマレード文庫

身ごもったら、この結婚は終わりにしましょう
～身代わり花嫁はＳ系弁護士の溺愛に毎夜甘く啼かされる～

2022年8月15日　第1刷発行　定価はカバーに表示してあります

著者　一ノ瀬千景　©CHIKAGE ICHINOSE 2022
発行人　鈴木幸辰
発行所　株式会社ハーパーコリンズ・ジャパン
東京都千代田区大手町1-5-1
電話　03-6269-2883（営業）
0570-008091（読者サービス係）
印刷・製本　中央精版印刷株式会社

ISBN-978-4-596-74748-8

※この作品はフィクションであり、実在の人物・団体・事件等とは関係ありません。

m a r m a l a d e b u n k o